去找那朵属于你的花，感受那朵花给你的暖意，
这是生命给出的命题，也是生命伟大的恩赐。

诗 与 远 方 系 列

▲

# 在花朵前，春天让我欣喜

郁达夫 梭罗 高尔基 等著

时代出版传媒股份有限公司
北京时代华文书局

**图书在版编目（CIP）数据**

在花朵前，春天让我欣喜 / 鲁迅等著 . -- 北京 : 北京时代华文书局 , 2016.5
ISBN 978-7-5699-0915-9

Ⅰ . ①在… Ⅱ . ①鲁… Ⅲ . ①散文集－世界 Ⅳ . ① I16

中国版本图书馆 CIP 数据核字 (2016) 第 094340 号

**在花朵前，春天让我欣喜**

著　　者 | 郁达夫等
译　　者 | 方　圃

出 版 人 | 杨红卫
选题策划 | 陈丽杰
责任编辑 | 陈丽杰　骆礼波
装帧设计 | 龙　梅　段文辉
责任印制 | 刘　银　訾　敬

出版发行 | 时代出版传媒股份有限公司 http: //www.press-mart.com
北京时代华文书局 http: //www.bjsdsj.com.cn
北京市东城区安定门外大街136号皇城国际大厦A座8楼
邮编：100011　电话：010－64267955　64267677
印　　刷 | 北京中科印刷有限公司　010 - 69590320
（如发现印装质量问题，请与印刷厂联系调换）
开　　本 | 880mm×1230mm　1/32
印　　张 | 7
字　　数 | 230 千字
版　　次 | 2016 年 7 月第 1 版　　2016 年 7 月第 1 次印刷
书　　号 | ISBN 978-7-5699-0915-9

定　　价 | 36. 00 元

目录

CONTENTS

## 一
## 聆听季节的声音，犹如云飘过眼睛

## 二
## 凝眸世间的美景，等待花朵的绽开

## 三
## 细察事物的纹理，仿佛走入迷人的小径

## 四
## 检视自己的灵魂，拥有一颗为世事悲欢的心

# 一
# 聆听季节的声音，犹如云飘过眼睛

要写的是一封不该写也不该寄的信，却也是一封最想写最想寄的信。寄给一个翠绿的春天，告诉他，你的心情为了这春天而充盈着温柔的泪水。

# 为了这个春天

罗曼·罗兰

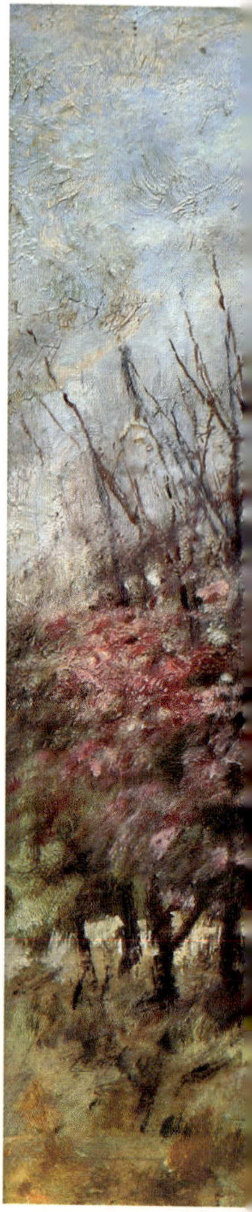

春，谁知道能给你带来什么？只觉得一切都是一段从衰残到繁荣的折磨，是人对自然的忍耐与生存意志的残酷考验，是十分痛苦的一个过程。当一切完成后，那份对于新生的茫然，却如大梦初醒——要再次确认世界和自己的位置了。每一个生命，每一个季节都是这样的过程。从挣扎着出生到懵然的觉醒，用不明所以的眼睛观察周围，适应生存，肯定自我，之后再次从繁荣到衰残，又从衰残到新生。

经过了不同的瞬息，也经过了各种的冷暖，穿皮衣的日子，在人海里的日子；提着大包小包，不明白为什么不能独自清醒，而只能泯然尘俗日子，春节这一天，突然，一切静止，是不是岁月蜕变到了顶点？然后回到家把一些炉火升起，把一些烛光点亮，在门前或各个角落，张贴一些生命的象征，宣告挣扎的决

心，祈祷生命的持续与繁华。接着，在如酒一样的醉意中，忽然解除了一切的挣扎和戒备。街上重新有了车声，人的踪迹再次从疏落到繁盛。外面的大树摆脱了岁暮的枯黄，和桌子上的桃枝一起绽出了新叶。日历一下子就要跨到三月，一个新的航程，在轨道上已经进行很久了，而你在这个蜕变的季节里梦游着。

你，以前是怎么样活过来的呢？

似乎才发现自己被放置在一个不认识的起点，四顾茫然，要从开始找回一些记忆，发现一些去年的遗痕。从无依中起步是如

此的需要集中心力来使自己摆脱旧梦，是如此的需要气力来让自己慢慢前进！

醒过来的时候，是疏淡的春天早晨，外面正下着雨，雨中车辆驶过的声音是那样的陌生又熟悉。曾经是用什么样的心情，去听这些声音呢？曾经你的苦是什么滋味，你的快乐是什么样子呢？你曾经在成功的顶峰还是在失败的谷底？你曾经为爱激动还是为恨伤感？你曾为做错过什么而痛苦悔恨？为忽略了什么而失落？你曾有什么事该做而没有做？你曾允诺过什么而没有实现？

梦前与梦后，隔着一片雾一般的空白吧！

也许，也许，仍有一片伤痕在痛，提醒你，那错误的噩运仍然在继续；也许，也许，你记起有一枚小小的青叶，在心的冬眠中等待绽放。你要弥补的是什么呢？要完成的是什么呢？要追寻的是什么呢……

你需要一些答案。

而日子已经在春雨与春晴，春寒与春暖中，不断地飞离远去。仿佛是昔日一些爱情的信简，那些薄薄的纸页所飞越过的时间与空间，都已经消逝。

要写的是一封不该写也不该寄的信，却也是一封最想写最想寄的信。寄给一个翠绿的春天，告诉他，你的心情为了这春天而充盈着温柔的泪水。

# 秋夜

鲁迅

在我的后园，可以看见墙外有两株树，一株是枣树，还有一株也是枣树。

这上面的夜的天空，奇怪而高，我生平没有见过这样的奇怪而高的天空。他仿佛要离开人间而去，使人们仰面不再看见。然而现在却非常之蓝，闪闪地䀹着几十个星星的眼，冷眼。他的角上现出微笑，似乎自以为大有深意，而将繁霜洒在我的园里的野花草上。

我不知道那些花草真叫什么名字，人们叫他们什么名字。我记得有一种开过极细小的粉红花，现在还开着，但是更极细小了，她在冷的夜气中，瑟缩地做梦，梦见春的到来，梦见秋的到来，梦见瘦的诗人将眼泪擦在她最末的花瓣上，告诉她秋虽然来，冬虽然来，而此后接着还是春，蝴蝶乱飞，蜜蜂都唱起春词来了。她于是一笑，虽然颜色冻得红惨惨地，仍然瑟缩着。

枣树，他们简直落尽了叶子。先前，还有一两个孩子来了他们别人打剩的枣子，现在是一个也不剩了，连叶子也落尽了，他知道小粉红花的梦，秋后要有春；他也知道落叶的梦，春后还是秋。他简直落尽叶子，单剩干子，然而脱了当初满树是果实和叶子时候的弧形，欠伸得很舒服。但是，有几枝还低亚着，护定他从打枣的竿梢所得的皮伤，而最直最长的几枝，却已默默地铁似的直刺着奇怪而高的天空，使天空闪闪地鬼眨眼；直刺着天空中圆满的月亮，使月亮窘得发白。鬼眨眼的天空越加非常之蓝，不安了，仿佛想离去人间，避开枣树，只将月亮剩下。然而月亮也暗暗地躲到东边去了。而一无所有的干子，却仍然默默地铁似的直刺着奇怪而高的天空，一意要制他的死命，不管他各式各样地夹着许多蛊惑的眼睛。

哇的一声，夜游的恶鸟飞过了。

我忽而听到夜半的笑声，吃吃地，似乎不愿意惊动睡着的人，然而四围的空气都应和着笑。夜半，没有别的人，我即刻听出这声音就在我嘴里，我也立即被这笑声所驱逐，回进自己的房。灯火的带子也即刻被我旋高了。

后窗的玻璃上丁丁地响，还有许多小飞虫乱撞。不多久，几个进来了，许是从窗纸的破孔进来的。他们一进个又在玻璃的灯罩上撞得了丁丁地响。一个从上面撞进去了，他于是遇到火，而且我以为这火是真的。两三个却休息在灯的纸罩上喘气。那罩是昨晚新换的罩，雪白的纸，折出波浪纹的叠痕，一角还画出一枝猩红色的栀子。猩红的栀子开花时，枣树又要做小粉红花的梦，青葱地弯成弧形了……。我又听到夜半的笑声；我赶紧砍断我的心绪，看那老在白纸罩上的小青虫，头大尾小，向日葵子似的，只有半粒小麦那么大，遍身的颜色苍翠得可爱，可怜。

我打一个呵欠，点起一支纸烟，喷出烟来，对着灯默默地敬奠这些苍翠精致的英雄们。

# 四时的情趣

清少纳言

春天破晓的时候景色最佳。逐渐发白的山顶，微微亮了起来，紫云微细地飘摇在那里，这是极有趣的。

夏天是夜里景色最佳。月亮高悬时，自不必说，就算暗夜里，无数萤火虫四处飞舞，或许只有一两个发出点点微光，也是很有趣味的。飞着流萤的夜晚连下雨也很有趣。

秋天傍晚的景色最佳。夕阳灿烂地照着，到了快接触山边的时候，乌鸦即将归巢，三四只一起，两三只一起匆忙地飞去，这也极有意思。而且更有排成一队飞去的大雁，之后在视野里越来越小，也真是有趣。到了太阳落下以后，响起风鸣和虫鸣，不用说也是极其有趣的。

冬天早晨的景色最佳。下雪时自不必说，有时就算降了白霜，或者就是没有霜雪但也觉得很冷的天气，赶紧生起火来，拿了炭到处分送，十分有冬天的模样。但是到了中午暖了起来，寒气减退了，所有地炉以及火盆里的火，因为无人看管而变成白色的灰，这就不太好看了。

# 济南的秋天

老舍

济南的秋天是诗境的。设若你的幻想中有个中古的老城，有睡着了的大城楼，有狭窄的古石路，有宽厚的石城墙，环城流着一道清溪，倒映着山影，岸上蹲着红袍绿裤的小妞儿。你的幻想中要是这么个境界，那便是个济南。设若你幻想不出——许多人是不会幻想的——请到济南来看看吧。

请你在秋天来。那城，那河，那古路，那山影，是终年给你预备着的。可是，加上济南的秋色，济南由古朴的画境转入静美的诗境中了。这个诗意秋光秋色是济南独有的。上帝把夏天的艺术赐给瑞士，把春天的赐给西湖，秋和冬的全赐给了济南。秋和冬是不好分开的，秋睡熟了一点便是冬，上帝不愿意把它忽然唤醒，所以作个整人情，连秋带冬全给了济南。

诗的境界中必须有山有水。那么，请看济南吧。那颜色不同，方向不同，高矮不同的山，在秋色中便越发的不同了。以颜色说吧，山腰中的松树是青黑的，加上秋阳的斜射，那片青黑便多出些比灰色深，比黑色浅的颜色，把旁边的黄草盖成一层灰中透黄的阴影。山脚是镶着各色条子的，一层层的，有的黄，有的灰，有的绿，有的似乎是藕荷色儿。山顶上的色儿也随着太阳的转移而不同。山顶的颜色不同还不重要，山腰中的颜色不同才真叫人想作几句诗。山腰中的颜色是永远在那儿变动，特别是在秋天，那阳光能够忽然清凉一会儿，忽然又温暖一会儿，这个变动并不激烈，可是山上的颜色觉得出这个变化，而立刻随着变换。忽然黄色更真了些，忽然又暗了些，忽然像有层看不见的薄雾在那儿流动，忽然像有股细风替“自然”调和着彩色，轻轻地抹上层各色俱全而全是淡美的色道儿。有这样的山，再配上那蓝的天，晴暖的阳光；蓝得像要由蓝变绿了，可又没完全绿了；晴暖得要发燥了，可是有点凉风，正像诗一样的温柔；这便是济南的秋。况且因为颜色的不同，那山的高低也更显然了。高的更高了些，低的更低了些，山的棱角曲线在晴空中更真了，更分明了，更瘦硬了。看山顶上那个塔！

再看水。以量说，以质说，以形式说，哪儿的水能比济南？有泉——到处是泉——有河，有湖，这是由形式上分。不管是泉是河是湖，全是那么清，全是那么甜，哎呀，济南是“自然”的情人吧？大明湖夏日的莲花，城河的绿柳，自然是美好的了。可是看水，是要看秋水的。济南有秋山，又有秋水，这个秋才算个秋，因为秋神是在济南住家的。先不用说别的，只说水中的绿藻吧。那份儿绿色，除了上帝心中的绿色，恐怕没有别的东西能比拟的。这种鲜绿色借着水的清澄显露出来，好像美人借着镜子鉴赏自己的美。是的，这些绿藻是自己享受那水的甜美呢，不是为谁看的。它们知道它们那点绿的心事，它们终年在那儿吻着水波，做着绿色的香梦。淘气的鸭子，用黄金的脚掌碰它们一两下。浣女的影儿，吻它们的绿叶一两下。只有这个，是它们的香甜的烦恼。羡慕死诗人呀!

在秋天，水和蓝天一样的清凉。天上微微有些白云，水上微微有些波皱。天水之间，全是清明，温暖的空气，带着一点桂花的香味。山影儿也更真了。秋山秋水虚幻地吻着。山不动，水微响。中古老城，带着秋色秋声，是济南，是诗。

# 夏季的芳香

尼·斯米尔诺夫

蔷薇和茉莉花在别墅阳台上日渐舒展茂盛，一旦花季时它们就日渐美丽起来，茉莉枝头犹如披上了挂霜的水晶，蔷薇则缀满了渔漂似的绿衣红蕊的精美花蕾，这些“渔漂”渐渐伸展，狭长而卷曲的叶片舒展开来，接着花萼绽开了，缀满茉莉枝梢的点点“霜花”一下变成了黄蕊的小铃铛。

对着阳台的窗户整夜敞开，我觉得，朦胧中我不仅听到了夜莺的婉啭轻啼，还有蔷薇和茉莉盛开时的沙沙声响。

一天晚上，掠过一阵雷雨。下雨过后的花园里飘来十分浓郁的暖意和浓烈的芳香，几乎令人眩晕。

第二天清晨，阳光晴丽，天空清澈，滴着雨珠的茉莉和蔷薇美得无法形容。

阳光似乎在蔷薇上倾泻着红色的火焰，而荫影中的花朵微微泛蓝，宛若光滑柔软的锦缎。

被带花纹的绿叶环绕的四瓣茉莉，闪烁着纯洁干净的光晕。

花园里争奇斗艳，芳香弥漫，颜色绚丽的蝴蝶静静地在蔷薇丛中翩然飞舞，嗡嗡低唱的蜜蜂不时地伏在花朵上，燕子脆生生地啁啾着，犹如箭一样地忽前忽后地掠过，伏尔加河岸边的山上回荡着雄浑奔放的赞美祖国的歌声。

俄罗斯明媚的夏天到来了。

# 白嘴鸦飞来了

尼·斯米尔诺夫

我来到户外漫步，太阳依旧在沉睡。忽然白嘴鸦的叫声从公园那里传了过来。这些白嘴鸦昨天晚上才飞回来，今天清晨就急不可耐地宣布了春的来到。

一片片水洼冻结着薄冰，似乎镀上了一层白银，一座座酣然沉睡的房屋上垂挂着串串冰箸，犹如闪闪发光的水晶。但是，风儿却已经带来了南方的温暖和喧闹。

雪地表面的冰凌还冻得很结实，我蹬着滑雪板，听着悦耳的声音在皑皑白雪的原野上奔驰。

我在树林茂盛的谷地里迎接了刚刚升起的朝日，谷地中沟壑纵横，柳枝上飘满了柳絮。

啄木鸟儿一个接一个地敲击着树干。风儿逐渐地加快了脚步。我弯腰摸了摸地上的雪，雪是软绵绵的，上面的冰凌已经化了。滑雪板只得提在手里。

苍茫的雪野反射着炫目的白光。远处的森林雾气缭绕，泛着青光。白嘴鸦的合唱从市里传来，片刻间便汇入了低沉的轰鸣，在旷野上空往复回旋。在阳光下融化的积雪渐渐地塌陷，路上形成了一条条小溪，向各个方向流淌。去年的野草在积雪融化的地方又露了出来，让人看了异常感动。积雪融化的草地落满了一片黑压压的白嘴鸦。离城市越近这种漆黑的、神态安详而又傲慢的鸟就越多。

郊外。一座小房舍旁，有两个有了年纪的猎人在闲聊。

一个说："每到这样的早晨，草鹬就在白桦树上不停鸣叫。"

"是搭窝的时候了。"另一个应声道。

是的，不久就会在清晨听到黑雷鸟的喃喃细语以及山雀在晚霞中的婉转歌唱——这一番思绪拨动了情感的弦，心中骤然激起一阵巨大的波浪，让我不得不停住脚步。我深深地呼吸着春天的气息，慢慢走进山峦起伏的公园，旋即又被一阵欣喜迷住，停下了脚步：晴朗的天空下有一座高高耸立的发白的钟楼，它四周的水洼荡着波纹，赤裸的白桦泛着银光，枝桠上的白嘴鸦悠闲地轻轻摇晃，放声鸣唱。

白嘴鸦飞来了！

# 冬天

朱自清

说起冬天，忽然想到豆腐。是一“小洋锅”（铝锅）白煮豆腐，热腾腾的。水滚着，像好些鱼眼睛，一小块一小块豆腐养在里面，嫩而滑，仿佛反穿的白狐大衣。锅在“洋炉子”（煤油不打气炉）上，和炉子都熏得乌黑乌黑，越显出豆腐的白。这是晚上，屋子老了，虽点着“洋灯”，也还是阴暗。围着桌子坐的是父亲跟我们哥儿三个。“洋炉子”太高了，父亲得常常站起来，微微地仰着脸，觑着眼睛，从氤氲的热气里伸进筷子，夹起豆腐，一一地放在我们的酱油碟里。我们有时也自己动手，但炉子实在太高了，总还是坐享其成的多。这并不是吃饭，只是玩儿。父亲说晚上冷，吃了大家暖和些。我们都喜欢这种白水豆腐；一上桌就眼巴巴望着那锅，等着那热气，等着热气里从父亲筷子上掉下来的豆腐。又是冬天，记得是阴历十一月十六晚上，跟S君P君在西湖里坐小划子。S君刚到杭州教书，事先来信说：“我们要游西湖，不管它是冬天。”那晚月色真好，现在想起来还像照在身上。本来前一晚是“月当头”；也许十一月的月亮真有些特别吧。那时九点多了，湖上似乎只有我们一只划子。有点风，月光照着软软的水波；当间那一溜儿反光，像新砑的银子。湖上的山只剩了淡淡的影子。山下偶尔有一两星灯火。S君口占两句诗道：数星灯火认渔村，淡墨轻描远黛痕？我们都不大说话，只有均匀的桨声。我渐渐地快睡着了。P君“喂”了一下，才抬起眼皮，看见他在微笑。船夫问要不要上净寺去；是阿弥陀佛生日，那边蛮热闹的。到了寺里，殿上灯烛辉煌，满是佛婆念佛的声音，好像醒了一场梦。这已是十多年前的事了，S君还常常通着信，P君听说转变了好几次，前年是在一个特税局里收特税了，以后便没有消息。

在台州过了一个冬天，一家四口子。台州是个山城，可以说在一个大谷里。只有一条二里长的大街。别的路上白天简直不大见人；晚上一片漆黑。偶尔人家窗户里透出一点灯光，还有走路的拿着的火把；但那是少极了。我们住在山脚下。有的是山上松林里的风声，跟天上一只两只的鸟影。夏末到那里，春初便走，却好像老在过着冬天似的；可是即便真冬天也并不冷。我们住在楼上，书房临着大路；路上有人说话，可以清清楚楚地听见。但因为走路的人太少了，间或有点说话的声音，听起来还只当远风送来的，想不到就在窗外。我们是外路人，除上学校去之外，常只在家里坐着。妻也惯了那寂寞，只和我们爷儿们守着。外边虽老是冬天，家里却老是春天。有一回我上街去，回来的时候，楼下厨房的大方窗开着，并排地挨着她们母子三个；三张脸都带着天真微笑地向着我。似乎台州空空的，只有我们四人；天地空空的，也只有我们四人。那时是民国十年，妻刚从家里出来，满自在。现在她死了快四年了，我却还老记着她那微笑的影子。

无论怎么冷，大风大雪，想到这些，我心上总是温暖的。

# 秋天踏着脚踏车来了

尼·斯米尔诺夫

这是一个疾风劲吹的日子，黄昏前，我散步的田野上空，流云匆匆飘过犹如快速翻过的书页，但从云缝中露出的蓝天却更加明净，更加湛蓝。一会儿后，蓝天被划成无数条闪烁的明亮的小径从东向西蜿蜒而去，西边的天空泛起从来没有见过的各种的绚烂霞光……

风儿不停地把云彩吹向西边的天空，流云坍塌了，喷发着火焰翻腾的岩浆，然后凝结成色彩斑斓的群山——像鲜红色皇冠一样的夕阳很快便垂到了它们的脊背上。在天空的另一边，一弯新月挂在了树梢上，犹如一支角笛，姗姗而来的夜晚吹响了它。

风转向了，它自南方吹来，然后向北方飞掠而去，在那里消失于沉寂。

风儿掠过的田野广阔无边，俄罗斯一望无际。

空气十分清新，弥漫着艾蒿的辛香和沼泽的气味。小路的拐弯处一个人骑着脚踏车径直向我而来，她是集体农庄的一位姑娘，身穿白色绒线衫和红裙子。等到同我并肩，她刹住车，轻柔地说道："有点秋天的味儿了……"说着，左手抛给我一个像大理石似的熟透的苹果，便又朝前骑去。

我恍然觉得，这踏着脚踏车跑来的正是秋天，它带着薄薄的霜花闪光的红叶。

# 故都的秋

郁达夫

秋天，无论在什么地方的秋天，总是好的；可是啊，北国的秋，却特别地来得清，来得静，来得悲凉。我的不远千里，要从杭州赶上青岛，更要从青岛赶上北平来的理由，也不过想饱尝一尝这“秋”，这故都的秋味。

江南，秋当然也是有的；但草木凋得慢，空气来得润，天的颜色显得淡，并且又时常多雨而少风；一个人夹在苏州上海杭州，或厦门香港广州的市民中间，混混沌沌地过去，只能感到一点点清凉，秋的味，秋的色，秋的意境与姿态，总看不饱，尝不透，赏玩不到十足。秋并不是名花，也并不是美酒，那一种半开，半醉的状态，在领略秋的过程上，是不合适的。

不逢北国之秋，已将近十余年了。在南方每年到了秋天，总要想起陶然亭的芦花，钓鱼台的柳影，西山的虫唱，玉泉的夜月，潭柘寺的钟声。在北平即使不出门去罢，就是在皇城人海之中，租人家一椽破屋来住着，早晨起来，泡一碗浓茶、向院子一坐，你也能看得到很高很高的碧绿的天色，听得到青天下驯鸽的飞声。从槐树叶底，朝东细数着一丝一丝漏下来的日光，或在破壁腰中，静对像喇叭似的牵牛

花（朝荣）的蓝朵，自然而然地也能够感觉到十分的秋意。说到了牵牛花，我以为以蓝色或白色者为佳，紫黑色次之，淡红色最下。最好，还要在牵牛花底，教长着几根疏疏落落的尖细且长的秋草，使作陪衬。

北国的槐树，也是一种能使人联想起秋来的点缀。像花而又不是花的那一种落蕊，早晨起来，会铺得满地。脚踏上去，声音也没有，气味也没有，只能感出一点点极微细极柔软的触觉。扫街的在树影下一阵扫后，灰土上留下来的一条条扫帚的丝纹，看起来既觉得细腻，又觉得清闲，潜意识下并且还觉得有点儿落寞，古人所说的梧桐一叶而天下知秋的遥想，大约也就在这些深沉的地方。

秋蝉的衰弱的残声，更是北国的特产；因为北平处处全长着树，屋子又低，所以无论在什么地方，都听得见它们的啼唱。在南方是非要上郊外或山上去才听得到的。这秋蝉的嘶叫，在北平可和蟋蟀耗子一样，简直像是家家户户都养在家里的家虫。

还有秋雨哩，北方的秋雨，也似乎比南方的下得奇，下得有味，下得更像样。

在灰沉沉的天底下，忽而来一阵凉风，便息列索落地下起雨来了。一层雨过，云渐渐地卷向了西去，天又青了，太阳又露出脸来了；著着很厚的青布单衣或夹袄曲都市闲人，咬着烟管，在雨后的斜桥影里，上桥头树底下去一立，遇见熟人，便会用了缓慢悠闲的声调，微叹着互答着的说：

“唉，天可真凉了——”（这了字念得很高，拖得很长。）

“可不是么？一层秋雨一层凉了！”

北方人念阵字，总老像是层字，平平仄仄起来，这念错的歧韵，倒来得正好。

北方的果树，到秋来，也是一种奇景。第一是枣子树；屋角，墙头，茅房边上，灶房门口，它都会一株株地长大起来。像橄榄又像鸽蛋似的这枣子颗儿，在小椭圆形的细叶中间，显出淡绿微黄的颜色的时候，正是秋的全盛时期；等枣树叶落，枣子红完，西北风就要起来了，北方便是尘沙灰土的世界，只有这枣子、柿子、葡萄，成熟到八九分的七八月之交，是北国的清秋的佳日，是一年之中最好也没有的Golden Days。

有些批评家说，中国的文人学士，尤其是诗人，都带着很浓厚的颓废色彩，所以中国的诗文里，颂赞秋的文字特别的多。但外国的诗人，又何尝不然？我虽则外国诗文念得不多，也不想开出账来，做一篇秋的诗歌散文钞，但你若去一翻英德法意等诗人的集子，或各国的诗文的An-thology来，总能够看到许多关于秋的歌颂与悲啼。各著名的大诗人的长篇田园诗或四季诗里，也总以关于秋的部分。写得最出色而最有味。足见有感觉的动物，有情趣的人类，对于秋，总是一样的能特别引起深沉，幽远，严厉，萧索的感触来的。不单是诗人，就是被关闭在牢狱里的囚

犯，到了秋天，我想也一定会感到一种不能自已的深情；秋之于人，何尝有国别，更何尝有人种阶级的区别呢？不过在中国，文字里有一个“秋士”的成语，读本里又有着很普遍的欧阳子的《秋声》与苏东坡的《赤壁赋》等，就觉得中国的文人，与秋的关系特别深了。可是这秋的深味，尤其是中国的秋的深味，非要在北方，才感受得到底。

南国之秋，当然是也有它的特异的地方的，比如廿四桥的明月，钱塘江的秋潮，普陀山的凉雾，荔枝湾的残荷等等，可是色彩不浓，回味不永。比起北国的秋来，正像是黄酒之与白干，稀饭之与馍馍，鲈鱼之与大蟹，黄犬之与骆驼。

秋天，这北国的秋天，若留得住的话，我愿把寿命的三分之二折去，换得一个三分之一的零头。

# 冬天的美丽

乔治·桑

我打小以来就热爱乡村的冬天。我无法理解有钱人的情趣，他们在一年当中最不适合举行舞会、讲究穿着和奢侈挥霍的季节，把巴黎当做狂欢的地方。大自然于冬天邀请我们去火炉边享

受天伦之乐，而且只有在乡村才能领略这个季节不常见到的明媚的阳光。在我国的大城市里，充满臭味和冻结的烂泥似乎永远不会干燥，看见就让人恶心。在乡下，一片阳光或者刮几小时风就让空气变得新鲜，让地面干爽。可怜的城市工人对此很了解，他们滞留在这个垃圾场里，实在是没有办法。我们的富翁所过的人为的、荒谬的生活，违背大自然的安排，结果生气全无。英国人比较聪明，他们到乡下别墅里去度过冬天。

在巴黎，人们想象大自然有六个月死气沉沉，可是小麦从秋天就开始发芽，而冬天惨白寒冷的阳光——大家惯于这样描写它——是一年之中最耀目，最辉煌的。当太阳拨开云雾，当它在寒冬夜幕时披上闪烁发光的紫红色长袍坠落时，人们几乎不能忍受它那令人炫目的光芒。纵然在我们将严寒不恰当地称为温带的国家里，自然界万物永远不会除掉盛装和失去盎然的生机，广阔的麦田铺上了炫丽的地毯，而天际低矮的太阳在上面投下了绿宝石的光辉。地面披上了美丽的苔藓。豪华的常春藤涂上了大理石一样的鲜红和金色的斑纹。躲在雪层下面的报春花、紫罗兰和孟加拉玫瑰在微笑。因为地势的起伏，因为偶然的缘分，还有其他几种花儿躲过严寒生存下来，而随时让你感到出乎意料的欢乐。虽然百灵鸟不见了，但有多少热闹美丽的鸟儿路过这儿，在河边栖息和休憩！当地面的白雪像绚烂的钻石在阳光下熠熠生辉，或者当挂在树梢的冰凌组成神奇的连拱和不能描绘出来的水晶的花彩时，有什么东西比白雪更加好看呢？在乡村的耿耿长夜里，大家亲切地聚在一起，甚至时间仿佛也听从我们的话。因为人们能够沉静下来思索，精神生活变得非常丰富。这样的夜晚，同家人围炉而坐难道不是特别快乐的事情吗？

# 以虫鸣秋

唐弢

一年四季，我现在喜欢的是春天。

说是现在，因为这是近来才有的感觉。年纪过了三十，却忽然喜欢春天，喜欢红色，喜欢和二十岁以下的青少年打交道，究竟是生命的活力突然转强，抑是预感衰退，遂不免起了依恋之情呢？我自己也无法回答。不过，倘在十几年前，或者溯而上之，倘在二十年前，情形就和眼前的不一样。尽管年轻好弄，跳跳蹦蹦，脱不了孩子的脾气，但以季节而论，我爱的却是雁来以后的秋天。

我爱秋天的淡泊和明远。

十几年前，那时候我在一个中学校里念书，每周只上五天课，两天半是中文，两天半是英文。课余多暇，自己就学些做诗填词之类的勾当。诗词，按照中国的老例，是必须从多读入手的，因此也翻翻前人的集子，希望从那里得到些须的影响。“采菊东篱下，悠然见南山”，这是闲适，“西风残照，汉家陵阙”，这是苍凉，“昨夜西风凋碧树，独上高楼，望尽天涯路”，这是悒郁和惆怅。童稚何知，然而面临萧索，想起来也不免为之惘然。中国的诗人对于这点是特别敏感的，我虽然三不像——学稼、学贾、学书都不够格，每逢提笔，却也无法抵御秋意的来袭。

诗词，它让我看到春青背后的红叶。

不过我的真正爱好秋天，却远在能读这些诗词之前，少说也该有二十个年头了。那时候，天地似乎比现在阔大，山河似乎比现在年轻，而生活，当然也比现在有意义——即使是最小的虫蚁吧，我也觉得十分可亲，它们仿佛都能说话，用的是一种歌唱的调子。说得最为悦耳的自然是秋虫。

我因此渴望着西风的起来。

炎夏向尽，梧桐已开始落叶，街头树间，时而传来一阵刺耳的繁音，“知了，知了”，叫声较为噪厉的是螂蟟，“乌有，乌有”的是螗蜩。中国的文人是最喜欢代人立言的，有时候也代物——著名的如禽言，并且还及于昆虫。刘同人《帝京景物略》里说：“三伏鸣者，声躁以急，如曰伏天伏天，入秋而凉，鸣则凄短，如曰秋凉秋凉。”他以为蝉蜩呼候，所叫的常是当前的时令。这和《灵物志》里说在芫荽下种的时候，农夫们欲使抽芽，必须口说秽语一样，全是以人拟物的幻想，说来荒谬，却也颇饶一点风土的趣味。

螂蟟身长寸许，螗蜩背作绿色，双翅一律透明，这两种，我们乡下都没有。蝉类种色繁多，我在年轻时常见的是叫做蚱蛙的一种，它没有螂蟟的长大，又不及螗蜩的美丽，只有叫声较为清

越。不过一捉到笼里，也就默尔而息，再不发些须的音响，第二天随即僵死了。我同情沉默，却又以它的决不再鸣为可惜。

为什么呢？

我自己也有点回答不上来。

以彼时的年龄而论，大概总不会有什么牵涉国家大事的社会观念，却以为倔强是可爱的，因此也不想再去触犯它，遂使翻瓦砾的时间多过于拿竹竿。农民的血统让人和泥土接近，天堂于我生疏，我所追求的乃是人间的坚实。

于是就开始翻瓦砾，多半是在屋后的安园里。安园，隔着一条小河，离开村子约莫几百步，是一所荒芜的坟场。促织就在那里栖息着。拨开断砖，往往可以看到一对小虫惊惶的在躲避，有时逃到野草根边去。就以往的经验而论，这十九是徒然的，它们逃不过人类的眼睛，也跳不出人类的手掌，到最后，只能受人豢养，迁入瓦盆，又进而以为这是自己的值得骄傲的天地，得意忘形，渐渐地失去本性了。

一经挑拨，此后便乐于斗噬起来。

我蓄促织，往常是因为它能鸣，并非因为它能斗，所以“别种”如油葫芦、小油蛉之类，行家弃诸不顾，我也加以延揽，一样的放入匣内，饲以雪白的米饭。就农民的习俗说，这是有点浪费的。不过我毕竟还是孩子，能够借此自娱，即已不计其他。若是腰缠十万，那就一定去豢养文人，听他满口“我公”，或者在笔头上装腔作势，似惊似喜。也许这点便是人虫之辨吧——花样着实多着哩。

可惜我还没有这样的财势，也不爱类此的花样，因而所养的只限于促织。油葫芦俗名老油丁，身体比普通的蟋蟀为大，小油蛉却又特别小，几乎和唧蛉子差不多。别以老小，正是因为两者的形状相像，而大小却又悬殊的缘故。油丁比油蛉易得，贵之贱之，此中若有区别，不过以论鸣声，我是宁取前者的。

——唧令令，唧令令！

几乎就是金属的声音。

和油葫芦一样，因繁生而不被重视的，还有一种栖息在乱草、灌木或者豆荚地里的螽斯，《诗经》里所谓“喓喓草虫”，指的就是它。螽斯色绿，易受草梗树叶的保护，鸣声又相当轻微，骤然看去，简直就像贼害禾稻的蚱蜢，但在博物学上，它们是并不同科的，我从前喜欢分得很清楚。直等读了法布尔的书籍，才悟到这是人的意见，倘在蚱蜢它们，就不作如是想，它可以辩白本身并非蚱蜢，或者进一步说螽斯倒是蚱蜢的。现在是连两脚直立的东西，当“内疚神明”，无法自解的时候，也学会这样的口吻了，听：

——太阳底下，彼此是不会距离得过远的呀！

看他说得何等嘴响啊！

在这点上，我大概还不能成为法布尔的信徒，无法忘却做人的立场。我以为生存向背，即在同类之间，也还划着鸿沟，决难用文字或语言来填平的。物我齐观是一个幻想，挂上口头，就不免成为诡言。以血肉为布施自然是无可非议的，但切忌去喂养癞皮狗。

我主张精密的分辨和选择。

螽斯而外，较为常见的鸣虫是络纬。络纬也即莎鸡，俗名纺织娘，我们乡下则叫做络线虫，以其鸣声酷肖纺纱的缘故。络纬昼伏夜鸣，要捕捉，必须等它振羽发声的时候。我常和小朋友一道，提着灯笼，赶往两里外的竹园去。乡间的晚上是阒寂的，走夜路不免有几分心悸，自己也听得出脚步的急迫，烛影摇动光波，像水晕一样在黑暗里浮荡。一转出村子，耳边像听到远处的"闹场锣鼓"一样，络纬的鸣声突然震响起来，原来前面已经是竹园了。

——轻些，别做声！

有人低低的照会我，我们便蹑手蹑脚地跑近去。一见到篝火，满园叫得更其起劲了，每次可以捉到好几只。而每年又总有一回这样的经验。

现在，季节到了秋天，春华老去，我自己也逼近中年。络纬在邻家的园圃里振羽，静夜远听，真使人有梦回空山身在何地的感觉。清人龚定庵诗云。"狂胪文献耗中年，亦是今生后起缘，猛忆儿时心力异，一灯红接混茫前。"往事在心头浮现。此时此地，大概谁都有点怆然，觉得难以遣此的吧。

我不能忘情于已逝的童年。

以大体论，我所致慨的只是时间，不是时代，所以我还挚爱我的春天。感到泽水在后，对眼前的光景又深致流连，这心情近于没落，我是不能不表示怀疑的。如果这些话所挑逗起来的只是脸上的忿怒，而不是心底的惭愧，那我还能说些什么呢？

我希望世上真有精神升华的事情。

一九四四年十月五日

# 九月晚景

弗朗索瓦·莫里亚克

一扇扇房门关闭了。我推开那沉重的门扉。它抵挡着我的推力。以前，母亲每天凌晨将门打开，让新鲜的空气进入屋内，并在幽暗的四壁内把它囚禁到夜幕；那推门的吱嘎声常常将我从梦里惊醒。

我向前走了几步，我停下来，我聆听着。九月的草儿不再抖动了。我仿佛听见葡萄架下有蟋蟀在鸣唱，但那可能只是我耳朵的嗡鸣和以往的夏日在我记忆中的絮语。半钩缺月挂在空中。月光是弱小的，但足够让其他星星黯然失色。她高高挂在那儿，恋爱着大地。对月儿的魅力我变得冷漠了。她飘浮在太多的被忘记的差劲诗歌之上。月亮是音乐家和诗人的危险的启迪者，是浅薄的形象和乏味的激情的母亲，她给黑夜和星辰抹上了阴郁的色调。

星辰，并不是因为我曾经在它们的群体中找到了自己的方位。可是在这里，有几颗星星被驯服了，并且脱离了大部分的星群，似乎它们熟悉我的声音，似乎它们从草原深处听到我的话后跑来在我手心里啮食。我要依据我的祖屋的位置才能叫出它们的名字。虽然是数量不多的几颗：我已经不知道猎户座在天空出现的时间和地点。但金牛座在那儿，还有大角星。月亮妨碍我重新找到织女星。

我漠然、洒脱，穿越我今生不会重演的那出戏的布景向前走去。我诅咒月亮，但我抛弃的是整个夜的奇奥。和黑暗串通的年纪已过去了。在这无边无际的屏幕上，我不再有任何东西需要投射。青春不单离开了我们，并且从这个世界退出了。任何年轻的生命都是不自知的魔法师。当我们还有可能的时候，我们对黑夜施以魔法。她赐还我们的就是我们给予她的东西。

# 春至海堤

汉斯·台奥多尔·沃尔特森·施托姆

我们的海岸边曾经长着很多高大的橡树林，树木繁茂，一只小松鼠能从一根树枝跳到另一根树枝，连续几里地不落到地面。传说当婚礼队伍穿过树林时，新娘必须摘下头上的头纱，所以能想象枝丫垂得多么低了。盛夏，这高大的树木构成的大教堂整天阴凉。那时还有野猪和猞猁在林中走来走去。在那雄鹰视力所能见到的高处，阳光的大海在树梢上翻滚着。

但这些树林早已被砍伐尽了，只有人们时不时从黑色的泥沼中或从浅滩的淤泥中挖出一些石化了的树根，它会让我们后人想象那一片树冠在与西北方向来的暴风猛烈搏击，发出动人心魄的喧嚣。但我们今天站在海堤上，望着光秃秃的平原，仿佛望着永恒。当那位哈利希岛的女居民初次从她的小岛来到这里时，她的话说得多么正确啊："上帝，这个世界如此之大，它一直连着荷兰了"

海堤上的风多么教人舒爽！故乡是我魂之所系；在哪儿又能

像这儿一样尽情享受星期天的早晨呢！

在下面那新开发的沼泽地中，第一阵温暖的春雨已经把一望无际的草地染绿；散布着的无数的牛在吃草，贯通着一个个“沼潭”的水沟犹如银色的带子在早晨的阳光下闪闪发光。吼叫声和撞击声在广阔的原野深处飘荡，起起伏伏，相偕成趣。而耕牛的那些长翅膀的朋友们——椋鸟——是多么活泼欢悦！喧嚣的鸟群从低地升起，在我的面前飞来飞去，然后密集地落在堤顶，一会儿，便灵巧地啄食着，顺堤坡而下，向海边漫步而去。

然而，沿着下边那从城市流来，注入大海的河流边，新谷草织就的网闪闪发光，让人向往，这是为了阻挡海潮的侵蚀而铺设的——河水慢悠悠地流过这洁净的地毯——正是早晨的时候，青春时代梦幻般的感觉再次征服了我，仿佛这个日子将给我带来难以述说的美好；每个人都有在心底欢迎幸福幽灵光临之时。

# 初冬的晚秋

德富芦花

一

霜已经落了，朔风乍起。庭院中的红叶，门前的银杏时不时地飞舞着，在白昼时犹如是掠过书窗的鸟的影子；在晚上时则扑打着屋檐，虽然是晴朗的夜晚，但是总是让人想起是雨夜。早晨起来一看，地上满是落叶。抬着头看，枫树露出枯瘦的枝头，地上犹如彩锦那么灿烂，树梢还残存着几片叶子，那是被北风留下来的，正在晨辉里闪光。银杏树直到昨天还是一片金色的云，今晨却削瘦了，那残叶好像晚春的黄色蝴蝶，这一处那一处的点缀着。

二

这个时节的白天是寂静的。早上的霜，夜暮的风，都让人感到凄凉。但是在白天，天空湛蓝、明净、高爽；日光清澈、美丽。当窗读书，周围寂静无声，虽然身在闹市，但也觉得十分安静。偶尔有东西影映在格子门上，开门看去，院子的李树，叶子枯落了，枝条交错，交织在蓝天之上。梧桐坠下一片硕大的枯叶，静静躺在地上，在太阳下闪着光。

庭院寂静，菊花因为被霜打过后始终低着头，它的影子散落在地上。被鸟雀啄食过的南天竹的果子在八角金盘下泛着红色的光晕。失却了繁美的样子，显得格外寂寥。两三只麻雀飞到院里觅食。廊椽下一只老猫躺着晒太阳。一只苍蝇飞来在格子门上爬着，发出沙沙的声音。

三

内宅里也很安静。栗、银杏、桑、枫、朴等树木，叶子都落了。月夜，树影彻地，参差斑驳，可以任意踩踏，也分不开它们。院内各处，焚烧枯叶的炊烟袅袅，傍晚时茶花香味飘散，阵雨敲打着栗树的枯叶，当暮色逐渐暗淡下来时，如果是西行，准会唱几首歌的。暮雨潇潇，落在过路人的伞盖上，声音一下子变大了，整个世界似乎都笼罩在雨中。这一夜，我默默独坐，顾影自怜。

四

当夜晚月色朦胧时，踏着白花花的银杏树落叶，站在院子里。月光逐渐暗了下来，树隙间哗啦哗啦落下两三点水滴，以为是阵雨，刚一这样想，雨就止住了。月亮又出现了。这样的情趣能向谁言及呢?

月光消没了，满天的寒星。此时，我静静地站在树下，夜晚不再流动了。许久，大气稍稍震颤着，头上的枯枝摩戛有声，脚下的落叶沙沙作响。一会儿才停止。月光像是霜一样布满地面。秋风在如海的天空里咆哮。夜里，人生顿然消寂，仿佛可以听到一种自天外传来的声音。

# 二
# 凝眸世间的美景，等待花朵的绽开

所有衰老都将快速消失，被没收的欢乐，夭折的沉醉，没有意义的恐惧也不例外。当我准备忘乎所以并重生的时候，将有另一种不安变成我的不安——另一种安宁变成我的安宁。

# 在樱花树下

梶井基次郎

樱花树下埋着尸骸!

请相信这句话是真实的。如果不是，那满树的樱花为什么会开得如此灿烂？一开始，我因无法理解那美丽的缘故，曾有两三天的时间一直惴惴不安。不过，眼下我终于明白那是因为樱花树下埋葬着尸骸，这句话是值得相信的。

为何每晚我会在回家的路上，如千里眼般，偏偏从自家房间里那么多家具中，千挑万选地在眼前浮现出安全剃刀那又小又薄的刀片呢？你曾说过不明白其中的原因，其实我自己也不知道为什么。你和我的不理解一定是出于同样的理由。

不论哪种树木的花朵，一旦要进入所谓的绽开状态，就会使周围的空气中洋溢着一种神秘的气氛。犹如快速旋转的陀螺完全停止下来或高超的音乐演奏必定伴有某种幻觉一样，形成一种让人产生热烈的生殖幻想的感觉。那种生动的美妙感觉无法不动人心弦、让人啧啧称奇。

然而，昨日和前日使我心情十分沉重的也正是那种感觉。同时我觉得那种美妙之感有些让人难以相信，因而反倒令我忐忑不安，进而陷入忧郁与虚空之中，不过，现在我知道了。

你不妨假想一下，在那灿烂的盛开的樱花树下是埋葬着一具具尸骸的，如此你就会知道究竟是什么曾经令我那么不安了。

不论是马、猫狗的尸骸，或者是人类的尸骸，只要是尸骸都会腐烂生蛆，臭气熏天。而且，尸骸还会渗出水晶一样的腐液，樱花树的根脉犹如贪婪的章鱼一样张开触手将尸骸揽入怀里，调动起一切如海葵的腔肠一样的根须吸吮腐液。

是何物创造了花瓣？是何物形成了花蕊？我似乎看到了那被须根吸吮的水晶般的腐液沉默地排成一列，沿着纤维管梦幻一样地往上涌动。

你为什么要愁眉苦脸？难道这不是一种美妙的透视方法吗？现在我终于能够凝神观赏樱花了，我已经从昨日和前日那使我惴惴不安的神秘之中脱身而出并获得了自由。

两三天前，我下到溪谷，走过河石。在飞溅的水沫中到处都是蜻蛉，仿佛是阿佛洛狄特的诞生，朝着溪水的上空翩翩飞舞。就像你所知道的那般，它们在那里举行着美妙的婚姻典礼。又走了一段路程，我遇到了一种奇怪的东西——溪水干涸的滩涂上残留着一个小水坑，水面泛着让人意想不到的石油一般的光泽。你猜那是什么？竟然是多不胜数的蜻蛉的尸体。十分密集地完全盖住了水面，交织的薄翅反射着阳光呈现出油脂般的光泽。那里便是完成产卵之后的蜻蛉们的坟墓。

当我看到面前的情景，十分震动，而且体会到一种残酷的变态的愉悦——发现坟墓并欣赏尸骸的愉悦。

在这溪谷里本来没有让我赏心悦目的东西。那些黄莺鸟、大山雀，那白色阳光中泛着碧绿的新树芽，也只是在我心中显现出朦朦胧胧的景象而已。我需要发现惨剧，依此达到一种平衡，才能让我的心变得明净起来。我的内心如同恶魔一样渴望忧郁，只有完全达到忧郁的状态才能让我的内心平和。我发现你在擦拭腋窝，是出汗了吧？我也一样，所以你没必要感到不快。把那津津汗液想象成精液，那样你我的忧郁便完全地形成了。

啊，樱花树下埋葬着尸骸！

不知道因为什么空想出来的或是丝毫没有证据的尸骸，如今已经彻底和樱花树融为一体，不论怎样摇摆脑袋也不能使它离开我的脑海。

我觉得只有眼下的我才与那些在樱花树下聚会饮酒的村民们具备了同等资格，并且可以和他们共饮赏花的美酒了。

# 荷塘月色

朱自清

这几天心里颇不宁静。今晚在院子里坐着乘凉，忽然想起日日走过的荷塘，在这满月的月光里，总该另有一番样子吧。月亮渐渐地升高了，墙外马路上孩子们的欢笑，已经听不见了；妻在屋里拍着闰儿，迷迷糊糊地哼着眠歌。我悄悄地披了大衫，带上门出去。

沿着荷塘，是一条曲折的小煤屑路。这是一条幽僻的路；白天也少人走，夜晚更加寂寞。荷塘四面，长着许多树，蓊蓊（wěng）郁郁的。路的一旁，是些杨柳，和一些不知道名字的树。没有月光的晚上，这路上阴森森的，有些怕人。今晚却很好，虽然月光也还是淡淡的。

路上只我一个人，背着手踱着。这一片天地好像是我的；我也像超出了平常的自己，到了另一世界里。我爱热闹，也爱冷静；爱群居，也爱独处。像今晚上，一个人在这苍茫的月下，什么都可以想，什么都可以不想，便觉是个自由的人。白天里一定要做的事，一定要说的话，现在都可不理。这是独处的妙处，我且受用这无边的荷香月色好了。

曲曲折折的荷塘上面，弥望的是田田的叶子。叶子出水很高，像亭亭的舞女的裙。层层的叶子中间，零星地点缀着些白花，有袅娜（niǎo，nuó）地开着的，有羞涩地打着朵儿的；正如一粒粒的明珠，又如碧天里的星星，又如刚出浴的美人。微风过处，送来缕缕清香，仿佛远处高楼上渺茫的歌声似的。这时候叶子与花也有一丝的颤动，像闪电一般，霎时传过荷塘的那边去了。叶子本是肩并肩密密地挨着，这便宛然有了一道凝碧的波痕。叶子底下是脉脉（mò）的流水，遮住了，不能见一些颜色；而叶子却更见风致了。

月光如流水一般，静静地泻在这一片叶子和花上。薄薄的青雾浮起在荷塘里。叶子和花仿佛在牛乳中洗过一样；又像笼着轻纱的梦。虽然是满月，天上却有一层淡淡的云，所以不能朗照；但我以为这恰是到了好处——酣眠固不可少，小睡也别有风味的。月光是隔了树照过来的，高处丛生的灌木，落下参差的斑驳的黑影，峭楞楞如鬼一般；弯弯的杨柳的稀疏的倩影，却又像是画在荷叶上。塘中的月色并不均匀；但光与影有着和谐的旋律，如梵婀（ē）玲（英语violin小提琴的译音）上奏着的名曲。

荷塘的四面，远远近近，高高低低都是树，而杨柳最多。这些树将一片荷塘重重围住；只在小路一旁，漏着几段空隙，像是特为月光留下的。树色一例是阴阴的，乍看像一团烟雾；但杨柳的丰姿，便在烟雾里也辨得出。树梢上隐隐约约的是一带远山，只有些大意罢了。树缝里也漏着一两点路灯光，没精打采的，是

渴睡人的眼。这时候最热闹的，要数树上的蝉声与水里的蛙声；但热闹是他们的，我什么也没有。

忽然想起采莲的事情来了。采莲是江南的旧俗，似乎很早就有，而六朝时为盛；从诗歌里可以约略知道。采莲的是少年的女子，她们是荡着小船，唱着艳歌去的。采莲人不用说很多，还有看采莲的人。那是一个热闹的季节，也是一个风流的季节。梁元帝《采莲赋》里说得好：

于是妖童媛（yuán）女，荡舟心许；鹢（yì）首徐回，兼传羽杯；櫂（zhào）将移而藻挂，船欲动而萍开。尔其纤腰束素，迁延顾步；夏始春余，叶嫩花初，恐沾裳而浅笑，畏倾船而敛裾（jū）。

可见当时嬉游的光景了。这真是有趣的事，可惜我们现在早已无福消受了。

于是又记起《西洲曲》里的句子：

采莲南塘秋，莲花过人头，低头弄莲子，莲子清如水。今晚若有采莲人，这儿的莲花也算得“过人头”了；只不见一些流水的影子，是不行的。这令我到底惦着江南了。

这样想着，猛一抬头，不觉已是自己的门前；轻轻地推门进去，什么声息也没有，妻已睡熟好久了。

# 晨

高尔基

看白天是如何诞生的几乎是世界上最好的事情！太阳的第一道光线才在天空闪现，夜晚的阴影无声地往山谷和石缝中隐藏，藏在茂密的树叶里，藏在全是露水的花边一般的野草里，而山峰

则爱抚地微笑着，好像在对脆弱的夜晚的阴影说：“别怕，这是太阳！”

海浪高高地仰起美丽的白头，向太阳敬礼，仿佛宫廷的美女向国王朝拜一样，一边朝拜，一边歌唱：“向您致敬，世界的君主！”

仁慈的太阳笑着说：这些海浪快乐地转了一整晚，它们现在头发蓬乱，绿色的衣裳揉皱了，丝绒的拖地长裙在脚下左右摇摆。

“你们好！”太阳边从海上升起边说，“美人们，你们好！不过一切都够了，安静点儿吧！如果你们不断地跳得那么高，孩子们就不能游泳了！应该让世人都感到很舒服，对吧？”

绿蜥蜴从石缝里爬出来，眨着惺忪的睡眼互相说道：“今天要热啊！”

在炎热的天气里，苍蝇连飞也觉得疲倦，所以蜥蜴很容易将它们捉到后吃掉，而吃肥大的苍蝇是何其惬意呀！蜥蜴是不要命的贪吃鬼。

满是露珠的花朵晃晃悠悠，似乎在引逗人，说：“先生，请描写一下我们清晨沾满露珠时的美貌吧！请用语言给花儿们画一幅小小的肖像吧！试试看，这很容易，因为我们是非常普通……”这些狡猾的小东西！它们明明晓得人不能用语言描绘出它们那教人喜欢的美貌来——它们在笑呢！

我尊敬地摘下帽子，对它们说：“你们太可爱了！谢谢你们给

我的光荣，不过我今天没有时间。以后，也许……”

它们骄傲地笑了，把脸面向太阳，露珠闪烁着太阳的光辉，花瓣和叶子闪着钻石般的光芒。

金色的蜜蜂和胡蜂已经在花儿上边飞旋，它们边飞旋，边贪婪地采集着馥郁的花粉，而在温暖的空气中则溢满着它们雄浑的歌声：赞美太阳——使生活变得快乐！赞美劳动——使大地变得美丽！

红胸脯的知更鸟睡醒了，它用纤细的两腿站着，摇摇晃晃，

也在唱自己温柔而愉快的歌——鸟儿比人更懂得生活在世上的幸福！知更鸟总是第一个出来迎接旭日；在遥远而寒冷的俄罗斯，知更鸟被叫做“朝霞鸟”，因为这种鸟胸脯上的羽毛是朝霞色的。在灌木丛中，欢乐的黄雀跳跃着，它们的颜色灰黄相间，仿佛街上的孩子——也那么淘气，那么不停地喊叫着。

追捕昆虫的燕子和雨燕飞掠而过，像是黑色的箭，发出幸福快乐的声音——有一双轻快的翅膀多么好啊！

笠松的枝叶摇曳着，它们好像一些很大的酒杯，装满了阳光，仿佛装满了金色的醇酒。依靠劳动生活的人们醒了，他们一生都在美化世界，为世界创造财富，但却自始至终贫穷。

是因为什么呢？

这个问题，你以后长大了就会了解，当然，如果你想了解的话；而现在呢，你要学会热爱太阳，热爱一切快乐和力量的源泉，要快乐，要善良，善良如太阳，对万物同等对待。人们醒了，他们向田野走去，向自己的劳动场所走去。太阳看着他们，微笑着：它最了解人们在大地上做了多少好事，它曾经看到过以前的大地是一片荒芜，而今天则满是人们——人们祖祖辈辈创造的伟大劳动成果，除了那些严肃的，孩子们现在还不明白的事物外，他们还创造了各种玩具和世上一切让人愉快的东西，如电影院。

啊，我们的先人劳动得多么出色！他们在我们周围所创造的一切伟大劳动成果是多么值得珍惜和尊重啊！孩子们，请想一想：人在大地上劳动的童话是世界上最有意思的童话呀！田埂上的玫瑰正变得绯红，处处的花儿都在微笑，其中有许多正在凋萎，但它们依然望着蓝天，望着金色的太阳，它们丝绒似的花瓣簌簌作响，散发出一种甜蜜的芳香，而在蔚蓝色的温暖的洋溢着芬芳的空气里，则轻轻地荡漾着柔情爱抚的歌声：

美始终是美，即使是在它凋萎的时候；我们的爱始终是爱，即使是在我们即将死亡的时候……白天来临了！

你们好啊，孩子们，但愿你们的一生里有无数个美好的白天

我写的这个东西枯燥吗？

真是毫无办法：人一过了四十岁，就变得有些枯燥了。

# 湖

罗伯特·瓦尔泽

这篇散文实际上很简单，写的是一个美妙的仲夏夜，以及在湖边漫步的人们。这人群不是一般的人群，我也在里面。整个城市似乎都在散步。假如允许我想象，这沉浸于苍茫夜色中的广阔湖面，就好像是一个打瞌睡的汉子，他即使在深沉的睡眠当中，

那宽广的胸脯也充满了无限的豪情和高尚的德行，不过，这样的想象或许有点过于狂傲了。湖上很多小船，灯火摇曳，点缀着黑黝黝的湖面。通往湖边大大小小的街道，却好像一条条运河，这使我很容易地联想到威尼斯的仲夏夜。这边有一堆堆的篝火，火光映红了夜空的一角，在那红黑相间中，散步的人影时隐时现，其中还有一对对情侣，他们在那丛丛灌木后面温柔地拥抱，亲吻。同样，趁那几处幽暗，绵绵轻语、抚摩亲昵的也大有人在。这一切就好像那湖水轻柔地拍打着堤岸，组成一曲轻柔的小夜曲。一弯新月高高挂在树梢上，我怎么形容呢，它就似一处创伤，至少我是这样看的，就像是黑夜女神那婀娜多姿的身躯受了损伤，或者她那高贵的心灵受了伤害，那样，黑夜女神的高雅和华丽 才会显得愈发明艳动人。而在低俗不堪的现实生活中，那些自

作多情、以为自己高贵心灵受了创伤的人，却会显得非常可笑，但是在文学艺术中就不是全部如此了，诗人从来就不会取笑敏感脆弱的心灵。我走过一顶圆拱桥，听到桥下水面上传来一阵阵天籁，一个身穿白色连衣裙的少女划着小船正穿过桥洞，那天籁吸引住了我或者其他的人，大家都把身子探出栏杆去，好奇地去寻那歌声的源头。那明亮温柔的歌声平时只有在娱乐厅和音乐酒吧才能听到，那曲调专门是用来营造那些所谓高贵气氛的。这歌声让我们几个人倾倒，大家都只得承认还从未听到过如此美妙的歌声。我们议论着，那可爱的歌女和小船，以及从那边传来几乎已

经消失的歌声之所以那么美，首先肯定是因为它是一曲发自高尚的内心，发自纯洁的心灵的爱之歌，其次才是她的歌唱艺术和伟大的声乐天赋。此外，我们还说了，也就是说，我们还想到了，那个在桥下幽暗处引吭高歌的少女，甚至很有可能陶醉于自己的歌喉，或者在自我欣赏她自己歌声中蕴藏着的高贵和正直的心灵，她也许在自己的歌声中陶醉，说不准她的脸庞满是红晕，她那迷人的青春活力，她那甜蜜的脸颊也许由于这潮水的无边无垠和对歌唱的如此投入而害羞得脸红。这歌声仿佛从皇宫王府的豪华奢侈忽而变成一种神奇高尚的东西，这时我们好像看到王子和公主骑着装饰得金光闪闪的白马，蹄声嗒嗒，翩然而来，所有的一切都仿佛变成了有声音的生命，变成了美丽的歌声，整个世界就仿佛是爱的本身，好像生活、世界和人生不会再有任何不幸。非常让人感动和给人美感的还有，你看那女孩是如何一心一意地把她心里的无限柔情用歌声表达了出来，她倾诉了心中所有的秘密，完全忘记了自我，忘记了她平时的矜持和一切世俗要求的规矩和俗套，她唱出了脑子里想的一切，唱出了她的渴望，她就像女英雄那般，只身挺然而起，以一个弱小女子的腼腆，与现实生活中的陋习俗套进行着的搏斗，这恰恰让她的歌喉更具魅力，它蕴涵一种略带羞涩却无比自豪的韵味，就像所说的那样，很多人都非常遗憾，这歌声离我们渐渐远去。

# 泰山日出

徐志摩

振铎来信要我在《小说月报》的泰戈尔号上说几句话。我也曾答应了，但这一时游济南游泰山游孔陵，太乐了，一时竟拉不拢心思来做整篇的文字，一直挨到现在期限快到，只得勉强坐下来，把我想得到的话不整齐的写出。

我们在泰山顶上看出太阳。在航过海的人，看太阳从地平线下爬上来，本不是奇事；而且我个人是曾饱饫过江海与印度洋无比的日彩的。但在高山顶上看日出，尤其在泰山顶上，我们无餍的好奇心，当然盼望一种特异的境界，与平原或海上不同的。果然，我们初起时，天还暗沉沉的，西方是一片的铁青，东方些微有些白意，宇宙只是——如用旧词形容——一体莽莽苍苍的。但这是我一面感觉劲烈的晓寒，一面睡眼不曾十分醒豁时约略的印象。等到留心回览时，我不由得大声的狂叫——因为眼前只是一个见所未见的境界。原来昨夜整夜暴风的工程，却砌成一座普遍的云海。除了日观峰与我们所在的玉皇顶以外，东西南北只是平铺着弥漫的云气，在朝旭未露前，宛似无量数厚毳长绒的绵羊，交颈接背的眠着，卷耳与弯角都依稀辨认得出。那时候在这茫茫的云海中，我独自站在雾霭溟蒙的小岛上，发生了奇异的幻想——

我躯体无限的长大，脚下的山峦比例我的身量，只是一块拳石；这巨人披着散发，长发在风里像一面墨色的大旗，飒飒地在飘荡。这巨人竖立在大地的顶尖上，仰面向着东方，平拓着一双长臂，在盼望，在迎接，在催促，在默默地叫唤；在崇拜，在祈祷，在流泪——在流久慕未见而将见悲喜交互的热泪……

这泪不是空流的，这默祷不是不生显应的。

巨人的手，指向着东方——

东方有的，在展露的，是什么？

东方有的是瑰丽荣华的色彩，东方有的是伟大普照的光明出现了，到了，在这里了……

玫瑰汁、葡萄浆、紫荆液、玛瑙精、霜枫叶——大量的染工，在层累的云底工作；无数蜿蜒的鱼龙，爬进了苍白色的云堆。

一方的异彩，揭去了满天的睡意，唤醒了四隅的明霞——光明的神驹，在热奋地驰骋……

云海也活了；眠熟了兽形的涛澜，又回复了伟大的呼啸，昂头摇尾地向着我们朝露染青馒形的小岛冲洗，激起了四岸的水沫浪花，震荡着这生命的浮礁，似在报告光明与欢欣之临莅……

再看东方——海句力士已经扫荡了他的阻碍，雀屏似的金霞，从无垠的肩上产生，展开在大地的边沿。起……起……用力，用力。纯焰的圆颅，一探再探地跃出了地平，翻登了云背，临照在天空……

歌唱呀，赞美呀，这是东方之复活，这是光明的胜利……

散发祷祝的巨人，他的身彩横亘在无边的云海上，已经渐渐的消翳在普遍的欢欣里；现在他雄浑的颂美的歌声，也已在霞采变幻中，普彻了四方八隅……

听呀，这普彻的欢声；看呀，这普照的光明！

这是我此时回忆泰山日出时的幻想，亦是我想望泰戈尔来华的颂词。

# 山

威廉·卡斯伯特·福克纳

在他的前面，在比他头稍高的上面，山清楚地映衬着蓝天。一阵飕飕的风吹过，犹如一泓清水，他似乎能从路上抬起双脚，乘风向上并越过山去。风鼓满了他胸前的衬衫，拍打着他一身宽松的短外衣和裤子，搅乱了他那安静的圆胖面孔上边没有打理的头发。他瘦长的腿影滑稽地垂直起落，似乎缺少前进的动力，好像他的身体被一个奇怪的上帝催眠，进行着和木偶一样的操作，而时间和生命超越他并逝去，把他抛在后面。最后，他的影子到达山顶，头朝前落在它上面。

首先映入他眼帘的是对面的山谷，在午后温暖的阳光下，显得无比青翠。一座白色教堂的尖顶依靠着山耸立着，彷如梦境一样，红色的、浅绿色的以及橄榄色的屋顶，若隐若现地在开花的橡树和榆树丛中。三株白杨的叶子在一堵阳光照射的灰墙上闪闪发亮，墙边是白色和粉红色花朵绽开的梨树与苹果树；虽然山谷一丝风，树枝却被四月压弯，树叶间飘荡着银色的雾。整个山谷在他下面伸展，他的影子安静而庞大，伸出很远，跨过谷地。到处都缭绕着一缕青烟。夕阳下的村庄在笼罩着一片寂静，似乎它已沉睡了一百年；快乐和悲伤，希望和失望汇集，等待着时间的最终结束。

从山顶远眺，山谷是一幅静止的树木和屋宇的镶嵌画。山顶上他看不到被春雨所浸润，满是牛马蹄痕的杂乱的一小块一小块荒地，看不到一堆堆的冬天灰烬与生锈的罐头盒，看不到贴满的色情画与广告的告示牌。没有斗争、虚荣心、野心、贪婪和宗教争论的一丝痕迹，他也看不到被烟草染污的法院布告栏。山谷中除了缓缓上升的青烟和白杨的颤栗外，没有任何活动，除了一个铁砧的有节奏的微弱的回声外，没有任何其他的声音。

他脸上的平静开始转化为内心的冲动，心灵上的恐惧的探索。他的庞大阴影像一个特异的人映在教堂上，一刹那他几乎抓住了一些与他完全不一样的东西，但它们又躲避开他；他不晓得有什么东西可以突破心灵屏障与他交流。在他背后是用他的双手辛劳一天，去与自然搏斗，取得温饱和一席就寝之地，是一种用他的身体和时间为代价取得的胜利；在他面前是一座村庄，领带也不系的他这个临时工的家庭就在那里。除此之外，等待他的是新一天的艰辛劳动以得到温饱和一席就寝之地，这样，他开始明白了自己命运的无足轻重，他的心今后不再被那些道德说教和原则干扰，最后，他却被春天落日时分的一个山谷无法抵挡的魅力所打动。

太阳安静地向西边落下去，山谷突然处于暗影之中，他一直在阳光下生活和劳动，现在太阳离开他，他那忐忑不安的心第一次安静下来。在黄昏中，这儿的林间女神与农牧神也许在寒冷的星星下，尖锐地吹奏风笛，用钹发出颤声和嘶嘶声，造成一片喧嚣……在他背后是满天火红的落霞，在他前面是映衬在变幻的天空中的山谷。他站在一端地平线上，凝视着另一端地平线，那里是没有尽头的苦役而又使人不能安寝的俗世；他心事渺茫，有一段时间他忘乎所以……现在他必须回家去了，他于是慢慢下了山。

一个每天都要必须通过艰辛劳动才能得到温饱和就寝之地的“奴隶”，他想和风一起逝去以摆脱无穷无尽的痛苦。然而夕阳下的山谷又让他变得宁静，他爱着黄昏，喜欢落霞中的山谷，因为他只有此时才能结束一天的劳动。这春天落日时分的山谷啊，究竟是什么样的魅力才打动了他，让他忘乎所以呢？

# 湖光水色

亨利·大卫·梭罗

如果以景物来说，瓦尔登只能说是一般，虽然风景秀丽，但却远远谈不上宏伟，尤其对于不经常来此或者没有在湖边居住过的人，未必能留下什么深刻印象；但是这里的湖水却是这么深邃而干净，所以很值得记录一下。这一泓湖水清澈透亮，湖身有半里那么长，周围一又四分之三里长，面积六十一亩半；湖在一个松栎林里，是因为一个长流泉堵住才形成，没有明显的出入口，所以水量的多寡大部分是因为当地的云雨与蒸发。沿湖多山，其势仿佛从水面陡然升起，所以在三四分之一里的地面，山丘已经高拔至四十至八十多口尺，至于东与东南面，甚至高达百口尺与百五口尺不等。而那里都统统称为林地。我们康谷一带河湖水色至少有两种：一为远观之色，一为近看（尤其是身旁近处）之色。前者似乎更多取决于光线的明暗，每每因天气而变化。天气晴和的夏天，稍远处的水即呈蓝色，尤其当水面激荡的时候；如果观看的距离稍远，则一例是蔚蓝色，并没有什么区别。遇风雨晦暗的天气，水面则微微呈青灰色。据说海的颜色更加变幻无定，常常一日是蓝色，另一日就变为绿色了，尽管周围的天色并没有明显的变化。我注意过这里的河水，当雪满山原的时候，不论冰和水都像青草一样青翠。有人以为蓝色乃是“纯净的水的颜色，不论是固体还是液体”。但是如果我们从船边近处俯视，这些水却又呈现出各种各样的颜色。瓦尔登湖就是一时变化一个样子，一会儿是蓝，一会儿又成了绿，就算观赏的角度不变。位于下界与穹苍之间，天光山色都不免要映入湖中。登山俯视，湖面就像高空的天青色；但从近处观赏，近岸泥沙可见处的水面却稍微接近橙黄，慢慢到湖上，重新变成嫩绿色，像这样依次转浓，到达湖心深处时，就完全是一派暗碧了。然而在某种明暗映衬下，纵然山顶处所看到的近岸一带也可能是色泽明亮艳丽，溅溅新绿。有人认为这就是林峦翠微的一种反照；但奇怪的是铁路的沙基侧边也是同样的颜色，另外初春树叶疏松时也是这样，所以我以为这可能是因为天空缥青与岸沙的橙黄互映交融。这里的鸢尾就是这种类型的绿色。另处还有一些地方进入春天后，湖上的冰被来自湖底日照的热量以及沿岸的地气温暖，渐渐开始融化，于是在湖中还没有解冻处出现一道涓涓细流，而那细流也是这种色泽。与一切的一切水流一样，每当有风而晴朗的天气，波面就最能以一定角度反映天空的色泽（或者因为波面能充分摄取各种光线），这时在离湖稍微远处看，湖面所呈现的一派湛蓝甚至会比天空本身的颜色更深一层；而这时候，因为身处湖上，而且为了研究反光，不得不一会看看湖面一会看看天空，这时我确曾在那里窥见了一种不能言说的浅蓝——水中灯下变幻不定的绢丝或刀锋剑端上青光或者近之——比之天空还要缥青，这样整个波面也各处是一边淡蓝，一边深青，相互辉映，蔚成奇景，但是相互比较下，后者差不多近于混浊。实际上，那淡蓝仿佛是一种透着微绿的琉璃翠；回忆起来，只有一次冬天傍晚在林际上空处偶然见过。但是把这水盛入杯里，面对光看去，却仿佛盛满了一杯空气，完全没有任何颜色。我们都知道，一只较大的玻璃盘往往即呈现浅绿，而其原因据玻璃匠人说就是因为它的“个头”，如果体积稍小，就又看不见颜色。至于瓦尔登湖的水要多到什么程度才出现这种色泽，我却不曾做过试验。这里的河湖如果从上直视时，一般常作黑色或深蓝色，和多数湖泊一样，往往给在里面洗浴者的身上带来一种淡黄光泽；但因为瓦尔登的湖水竟像水晶般的那么清澈透亮，所以在这里的洗浴者的身上往往呈现出一种雪花石膏似的苍白，再加上浸泡在水中时人的身体不免有点膨胀与变形，看起来特别不自然，不过那效果之微妙奇特，恐怕只有米凯罗安琪洛之辈的绘画大师才能临摹得出来了。

# 春底林野

许地山

春光在万山环抱里，更是泄漏得迟。那里底桃花还是开着；漫游底薄云从这峰飞过那峰，有时稍停一会儿，为的是挡住太阳，教地面底花草在它底荫下避避光焰底威吓。

岩下底荫处和山溪底旁边长满了薇蕨和其他凤尾草。红、黄、蓝、紫的小草花点缀在绿茵上头。

天中底云雀，林中底莺，都鼓起它们底舌簧。轻风把它们底声音挤成一片，分送给山中各样有耳无耳底生物。桃花听得大醉，禁不住落了几点粉泪，一片一片凝在地上。小草花听得大醉，也和着声音底节拍一会倒，一会起，没有镇定底时候。

林下一班孩子正在那里捡桃花落底瓣哪。他们捡着，清儿忽嚷起来，道："嘎，邕邕来了！"众孩子住了手，都向桃林底尽头盼望。果然邕邕也在那边摘草花。

清儿道："我们今天可要试试阿桐底本领了。若是他能办得到，我们都把花瓣穿成一串璎珞围在他身上，封他为大哥如何？"

众人都答应了。

阿桐走到邕邕面前，道：“我们正等着你来呢。”

阿桐底左手盘在邕邕底脖上，一面走一面说：“今天他们要替你办嫁妆，教你做我的妻子。你能做我的妻子吗？”

邕邕狠视了阿桐一下，回头用手推开他，不许他底手再搭在自己脖上。孩子们都笑得支持不住了。

众孩子嚷道：“我们见过邕邕用手推人了！阿桐赢了！”

邕邕从来不会拒绝人，阿桐怎能知道一说那话，就能使她动手呢？是春光底荡漾，把他这种心思泛出来呢?或者，天地之心就是这样呢?

你且看：漫游底薄云还是从这峰飞过那峰。

你且听：云雀和金莺底歌声还布满了空中和林中。在这万山环抱底桃林中，除那班爱闹的孩子以外，万物把春光领略得心眼都迷蒙了。

# 密西西比河的旖旎风光

弗朗索瓦·勒内·德·夏多布里昂

密西西比河两岸风光秀丽旖旎。西岸，草原无边无际；绿色的波涛逶迤而去，在天际和蓝天间连成一片。三四千头一群的野牛在宽广无边的草原上慢悠悠地游荡。有时，一头年迈的野牛分开波涛，游到河心小岛上，卧在又高又茂盛的草丛里。望它头上的一弯新月，看它沾满污泥的飘拂的长胡子，你也许把它当成河神。它踌躇满志，望着那壮阔的河流和茂盛而荒凉的两岸。

这上面写的是西岸的风光。东岸的风光不同，同西岸形成让人赞叹的对比。河沿、山顶、岩石上、幽谷中，不同颜色、不同芳香的树木相互生长在一起，茁壮生长；它们高耸入云，一眼望不到头。野葡萄、喇叭花、苦苹果在树下交织，在树枝上攀缘，一直爬到树顶。它们从槭树延伸到鹅掌楸，从鹅掌楸长到蜀葵，形成数不清的洞穴、数不清的拱顶、数不清的柱廊，那些在树间攀缘的藤蔓常常失去方向，它们越过小溪，在水面搭起花桥。木兰树在树丛之中耸立出来，耸立着它静止不动的椎形圆顶；它树顶开放的硕大的白花，俯视着整个丛林；除了在它身边摇着绿扇的棕榈，没有任何树木能和它媲美。

被上帝安排在这个偏僻荒远的丛莽中的各种动物给这个世界带来无限生机。在小路尽头，有几只因为吃饱了葡萄而微醺的熊，它们在小榆树的枝丫上蹒跚；鹿群在湖中洗澡；黑松鼠在茂密的树林中玩耍；麻雀一样大小的弗吉尼亚鸽从树上飞下来，在长满红草莓的草地上踟蹰；黄嘴的绿鹦鹉，映照成红色的绿啄木鸟和火焰般的红雀在柏树顶上来来回回地飞着；蜂鸟在佛罗尼达茉莉上闪闪发光，而捕鸟为食的毒蛇倒挂在树枝交织而成的天顶上，像藤蔓一样晃来晃去，同时发出阵阵嘶鸣。

如果说河对岸的草原上一片寂静，河这边却是一片喧哗和骚动：鸟喙啄击橡树干的笃笃声，野兽穿过丛林的沙沙声，动物吞食食物或咬碎果核的咂咂声；潺潺的流水、啁啾的小鸟、低哞的野牛和咕咕叫的斑鸠使这荒远的世界充满一种亲和和粗犷的和谐。可是，如果一阵微风吹进这幽深的丛林，摇动这些飘浮的物体，使白色、蓝色、绿色、玫瑰色的生物混合交错，使所有的颜色融为一体，使所有的声音汇成合唱，那是多么奇妙宏伟的声音，多么壮观的景象!可是，对于没有亲临其境的人，这一切是无从描绘的。

# 诗意盎然的黎明

茜多尼·加布里埃尔·科莱特

除了一小块地方，除了那棵银杏，整个花园十分炎热，浸在略带红、紫的黄灿灿的阳光中。可是我不知道这红色与紫色的印象是来自于我感情的满足，还是由于我眼花的缘故。金黄沙粒反射的夏天，穿透我的大草帽的夏天，几乎没有夜色的夏天……我母亲被我对黎明的深情所感动，答应让我去迎接它。她按照我的话，三点半钟叫醒我；我两臂各挽一只篮子，朝河边狭长的沼泽地走去，去采草莓和长满针刺的酯栗。

此刻所有事物仍然在朦朦胧胧的、湿润的、隐约的蓝色沙砾的小路行走，负载着自重的烟霞首先浸润我的双腿，然后我的嘴唇、我的耳朵和全身最敏感的鼻孔……就在这条路上，就在此时，我意识到自己的价值，意识到一种无法言说的幸福，意识到我和清晨的风、第一只鸟儿，以及椭圆形的初升的太阳之间的默契。

我母亲叫我一声“金宝贝”，然后放我走了！她望着她的作品——她把我当做她的杰作——跑开并且消失在山坡。我当年也许是英俊的，我母亲的评价和我当时的照片时常不一样……我那时之所以显得英俊，那是因为我正当年华，因为黎明，因为我碧绿的眼睛，我在晨风中飘拂的金发和我作为被唤醒的孩子同其他尚在沉睡的孩子相比较的优越感。

我听到敲第一遍弥撒钟就往回走。但在此之前我已经吃野果吃饱了，已经像独自出猎的猎犬在树林中兜了一大圈，还品尝了我崇拜的两眼清泉。一股清冽的泉水铮铮淙淙，勃然地从地面冒出来，并在周围形成一个小沙洲。这股泉水刚出来就失去了勇气，重新钻入地下。另一股泉水几乎不露踪迹，仿佛蛇一样掠过草地，在草地中央隐秘地迂回。只有一簇簇开花的水仙证实它的存在。第一股泉水有像树叶的味儿，另一股有铁和风信子茎的味儿。提起这些泉水，我希望我一切都放下的时候嘴里能够充满他们的芳香，并且含着这想象的清冽的泉水离去……

# 大海

亚历山大·基兰

世界上，海最宏大，海也最有耐心。海，犹如一只驯良的大象，把地球无足轻重的人驮在宽阔的背上，而浩瀚深沉的、绿绿苍苍的海水，却在吞噬大地上的所有灾难。如果说海是奸猾的，那大错特错，因为它从来不许诺什么。它那颗巨大的心——在苦

难深重的世界上，这是唯一健康的心——既没有什么奢望，也没有什么留恋，总在平静而自由地跳动。

人们航行在海浪上的时候，大海唱着它那古老的歌谣。很多人压根不懂得这些歌儿，然而，对于听到这种歌声的人来说，感觉是各不相同的，因为大海对每一个迎面相逢的人，用的都是不同的语言。

对于正在捕捉螃蟹的光脚孩子，闪闪绿波的大海露出一副笑脸；在轮船前面，大海涌起蓝色的惊涛骇浪，把清凉的、充

满咸味的飞沫抛上甲板；在海岸边，浓浊的灰色的巨浪碰得粉碎；人们疲倦的眼睛长久地望着岸旁灰白色的碎浪时，长条的浪花却仿佛绚烂的彩虹，正在冲刷平坦的沙滩。在惊涛拍岸的隆隆声中，有一种神秘的味道，每一个人都想着自己的心事，肯定地点一点头，仿佛认为海是他的朋友——这位朋友什么都知道，什么都记得。

然而谁也不知道，海对于海边的居民来说究竟是什么——他们从来没有讨论过这一点，尽管在海边过了一生。海既是他们的

人类社会，也是他们的顾问；海既是他们的朋友，也是他们的敌人；海既是他们的劳动场所，也是他们的墓地。所以，他们都是默默不语的。海的态度起了变化，他们的神色也随之变化——时而平静，时而仓惶，时而执拗。

可是，让靠海而生的人迁到山里或者十分美丽的峡谷里，给他最好的食物和十分柔软的床——他是不肯尝这种食物，也不愿睡这种卧铺的。他会情不自禁地从一座山岗攀上另一座山岗，直到很远很远的地平线上露出一种熟悉的、蓝色的东西。那时候，他的心会愉快地跳动起来，他会盯住远处一条亮闪闪的蓝色带子，直到这条带子扩大成为碧蓝的海面。

但是，他一句话也不说……

# 落日

古纳尔

我站在山巅，向内陆远眺。我的脚下，树顶着被夜色压住的树冠做梦。森林中的空地凄凉地躺着。看不见一切有生命的事物，并没有通往这里的路。那些月光下的并不怕人的森林动物，会在下面的森林里出现、消失……远方传来一声凄凉的犬吠和远方鹿角的碰撞声……是太阳在坠落……

周围的夜充满了幻丽的景色。在空中燃烧。我希望在这里久久停留，遥望那些我曾游荡过的蓝色森林，从而将自己

遗忘。

我把目光转向大海，任其我被太阳抛弃给夜色。仿佛藏在紫金色沙漠中的一颗金黄的谷粒，太阳在又窄又长的、金黄的云堆中微微闪光。我仿佛听见一阵没有边际的音乐慢慢飘过，对于我所有都变得苦涩。目标依旧是那么遥远。

我僵直地缓缓向山走去，露珠已经飘洒在森林的空地上，在蜘蛛网上闪光。当我走到树底下时，我的额头、眼睛和嘴被蜘蛛网粘住。人好像在做梦。树也着了魔，奇怪的果子悄无声息吊在树枝上，那些窥探我的眼睛，那些听见我到来的耳朵……

这时候，纵然每一块石子都有着一种意义，恐惧在每一棵灌木中准备跳跃，但和我全无关系了。所有衰老都将快速消失，被没收的欢乐，夭折的沉醉，没有意义的恐惧也不例外。当我准备忘乎所以并重生的时候，将有另一种不安变成我的不安——另一种安宁变成我的安宁：海和没有草木的地带。

那里，在森林边，大海在梦中朦胧地运动，如同人们用灯去照沉睡者的脸……

是星星一颗颗被点燃……

# 相模滩的斜阳

德富芦花

秋冬之风完全停止，傍晚的天空没有一朵云。站着远眺伊豆山上的落日，教人无法想到，世上竟然还有如此多平和的景象。

落日从山上落入地平线，只需三分钟。

太阳刚刚向西斜去时，富士、相豆的一带连山，笼罩。太阳就是所谓的白日，银光绚烂，让人睁不开眼睛。群山也把眼睛眯

着了。

太阳越来越向西落下了。富士和相豆的群山渐次变成紫色。

太阳更加向西落下了。富士和相豆的群山紫色的皮肤披了一层金烟。

这时，伫立海滨远眺，斜阳流过海面，直达我的脚下。海上的船只尽情放出金光。逗子海滨一带的山峦，无一不现出火红的颜色。

在风平浪静的傍晚欣赏斜阳，大有守侍圣人临终之感。十分庄严，十分平和。就算一个凡夫俗子，也会感到已将身子包裹于灵光之中，肉体消融，只留下灵魂端然伫立于永恒的海滨之上。

有物，安然地存在心中，说到欢乐就过了，说到哀愁则没有达到斜阳渐次沉下去，接近伊豆山巅。相豆山忽然变成孔雀蓝，唯有富士山头于绛紫中仍旧闪着金光。

伊豆山已经衔住斜阳。太阳落一分，浮在海面上的霞光就后退八里。斜阳不慌不忙地一寸又一寸，一分又一分，顾盼着就将离开的世界，悠悠然沉落下去。

最终只剩下最后一点了。它猛烈一沉，变成一弯秀眉，眉又变成线，线又变成点——倏忽消逝得无影无踪。

抬头仰望，世界没有了太阳。光明消逝，海山苍苍，所有的事物都变得忧郁。

太阳沉没了。忽然，斜光上射，万箭齐发。远眺西边，一片金黄。就像是伟人逝去一样。

日落之后，富士蒙上一层青色。一会儿后，西天的金色化作朱红，继而变为灰白，最后变得一片青碧。相模滩上空，明星莹莹。它们是太阳的精灵，看起来仿佛在昭示着明天的日出。

# 三
# 细察事物的纹理，<br>仿佛走入迷人的小径

那么，恰是纽约之雨的气息，在最和谐而熟悉的众城中心找寻到你的踪影，提醒你天下至少有一个解脱之地，在那里，置身茫茫人海，只要你愿意，终可以永远不被人找到。

# 纽约的雨

阿尔贝·加缪

纽约的雨是流亡者的雨。它充沛、绵绵、密集，从高耸的水泥大厦直接不知疲倦地向街道泻下，街道瞬间被幽暗的水井淹没。躲进的士车，红灯停、绿灯行，车前的雨刷不停地刷着雨，把似乎不会断绝的雨水从挡风玻璃上扫到一边，你会像是做梦一样掉入陷阱。你确信，这样开几个小时也逃不出这些方块囚室或水塘，涉过一个又一个水塘，却见不到一座山冈或者一棵真正的树。白惨惨的摩天大楼在灰色雾霭中朦朦胧胧，仿佛是为亡者之城而立的一座座巨大墓碑，楼身好像在微微摇摆。这个时间，人走楼空。八百万人口、钢筋水泥的气味、建筑者的疯狂，而那直插云端的却是孤独。“就算我把世上的人全部抱住，也丝毫保护不了我。”

也许是因为，除了天空，纽约一无所有。天空万里无云、无边无垠，向四面八方舒展开来，直到连接地平线，它给予纽约的是光彩夺目的清晨，还有绚烂的黄昏，光焰四射的晚霞漫过第八大街，洒向熙熙攘攘驶过商店橱窗的车流，夜幕还没来临，橱窗已早早亮起了灯光。当你看着通向郊区的林荫大道，路上还能望见滨河大道上的那种暮色，路边的哈德逊河水被夕阳染得通红；汽车来来往往，轻快、平稳地驶过，不时地，车里突然飘出一句歌声，令人想到陡然涌起的涛声。最后，我想起了其他的黄昏时光，它们是这么温柔、如此快速地消逝，令人心碎，从哈莱姆看去，中央公园一望无垠的草坪被紫色霞光笼罩着。一群群黑人小孩正用木球棒击球，高兴地大声喊叫；穿着格子衬衫、有了一些年纪的美国人则瘫坐在公园的长椅上，使出还留存着的力气嘬着冰棒；松鼠在他们的脚边刨坑，寻找着未知的美食。公园的树上，小鸟爵士乐队宣告了帝国大厦上空第一颗明星的出场；在一片高楼大厦的背景中，两腿修长的生灵大步大步地走在路上，把光彩熠熠的外表和漠然的眼神投向温柔犹在的天空。但当天空变得晦暗，抑或光亮退去，纽约就又成了一座大城——白天的监狱、夜晚的火葬柴堆。当万家灯火漂浮在一面面黑黢黢的高墙上被送入半空，午夜仿佛是一个巨大的葬礼柴堆，似乎每个夜晚在曼哈顿这三河之岛的上空，一大团火焰燃烧着，闷燃着、依然火光迸溅的巨大房架高高耸立。

我对别的城市有自己的观点，但只有对纽约才怀有这种一闪即逝的强烈情感、一种越发不能控制的思念和阵阵心痛。已经过去了几个月，我对纽约依然什么都不知道，我是在纽约的疯子中间，还是世界上最理性的人中间；生活是不是像美国人说的那样自在愉快，或者纽约的生活是否像有时看起来的那样空虚；在一个人就够用的地方雇佣十个人，而你却并未因此得到更快速的服务，这是自然的吗；纽约人是自由派还是保守派，是谦和的生灵还是死魂灵；垃圾工戴着尺码合适的手套在工作，这是值得赞扬的还是没什么意义的；麦迪逊广场花园的马戏团在四个不同的场子里同时表演十个节目，于是你哪个都想看又一个也看不成，这样的安排是有用的吗；在我曾经花费一晚上待过的溜冰场（冬季赛车场那种场地，沐浴在尘土弥漫的淡红色光线中），数千年轻人蹬着旱冰鞋，伴着金属滑轮的嘈杂声和高亢的管乐声，没有休止地旋转，其表情竟会严肃而专注，仿佛是在解联立方程，这是否有重大意义；最后，我们是应该相信那些说喜欢独处是怪癖的人，还是天真地相信那些惊讶于从未有人向你索要过身份证的人。

简单来说，我不知道怎么理解纽约。我苦苦思考，琢磨着清晨的果汁、苏格兰威士忌加苏打水和它与浪漫的关系；出租车里的姑娘和她们无人知道的短暂爱情；甚至从令人瞠目结舌的领结都看得出的过分奢华和恶俗品味；反犹主义与热爱动物——后者涵盖了布朗克斯动物园的大猩猩直到自然历史博物馆的原生动物；以最快速度为死亡和死者化妆的殡仪馆（“安息吧，剩下的事交给我们办。”）；可以在凌晨三点钟为你刮脸的理发店；气温在两个小时里由热变冷；仿佛是辛辛监狱的地铁；四处张贴的广告，上面全是笑脸，宣扬生活不是悲剧；煤气厂脚下鲜花茂盛开放的墓地；姑娘的美丽与老人的丑陋；还有无数音乐喜剧中的陆、海军将军驻扎在公寓门口，有的吹着哨子呼叫甲壳虫似的红、黄、绿色的士车，有的为你开门；最后开着车穿梭于逝去市区和郊区的人，他们就像五十层高楼的电梯中各色各样的电梯工，沿着笛卡尔坐标上上下下。

是的，我不能理解。我逐渐明白，城市像某些女人一样，让你心烦意乱、控制你、剥去你灵魂的伪装，她们滚烫地黏上你身体的每一个毛孔，既丑又美。我就是这样接连几天在纽约四处走来走去，泪水盈眶，只因为城市的空气中四处洋溢着煤渣，我在室外的一半时间都用来揉眼睛，或者擦去哈德逊河对岸的新泽西上千家工厂当作开心贺礼送入人眼的细小金属颗粒。总之，纽约就是这样让我感动的：像眼中的异域胴体，十分美丽却又无法接受，令人感动得潸然泪下又愤怒无比。

或许这就是所谓的激情。我所能说的就是，我知道我的激情是被什么样的反差形象滋养的。有时在半夜三更，在摩天大楼的上方，越过几百堵高高的墙壁，拖船的鸣叫会与我的失眠恰好碰面，提醒我这片钢筋水泥的沙漠还是一座岛屿。然后我会想起大海，想象着自己身在故乡的海滩。别的黄昏，当夜色从三层楼高的地方疾驰而过、贪婪地将红蓝色的微光吞没掉，不时让自己渐渐与晦暝的车站融为一体时，我在第三大道高架轻轨的北面兜风，一路看着摩天大楼纷纷后退。离开市中心模糊的街道，我会驶向逐渐贫困的街区，路上的汽车也越来越少。我知道我将看到的是什么，是鲍尔瑞之夜。距离半里长的一家家流光溢彩的婚礼用品商店（里面蜡制的模特没有一个是微笑的）几步远的地方，住着被忘记的人们，在这座银行家之城中，他们随波逐流、漂进贫困。这是城里最灰暗的地方，见不到一个女人，每三个男人中就有一个酒鬼，在一家奇怪的、显然直接模仿自西部电影的酒吧里，又胖又老的女演员咏叹着幻灭的人生和母亲的爱，她们踏着节拍，在酒吧的吵闹声中，神经质地晃动着岁月堆积在她们身上的赘肉。鼓手也是个老女人，看上去犹如一只仓鸮，有的晚上，你会感觉想了解她的人生——当此罕见时刻，地理影响消失，孤独感成了有点令人困惑的现实。

在别的时候……不过，是的，我当然爱纽约的早晨与晚上。我爱纽约，那强烈的爱有时留给人的皆是无常与恨意：人有时需要放逐。那么，恰是纽约之雨的气息，在最和谐而熟悉的众城中心找寻到你的踪影，提醒你天下至少有一个解脱之地，在那里，置身茫茫人海，只要你愿意，终可以永远不被人找到。

# 雪

鲁迅

暖国的雨，向来没有变过冰冷的坚硬的灿烂的雪花。博识的人们觉得他单调，他自己也以为不幸否耶？江南的雪，可是滋润美艳之至了；那是还在隐约着的青春的消息，是极壮健的处子的皮肤。雪野中有血红的宝珠山茶，白中隐青的单瓣梅花，深黄的磬口的蜡梅花；雪下面还有冷绿的杂草。蝴蝶确乎没有；蜜蜂是否来采山茶花和梅花的蜜，我可记不真切了。但我的眼前仿佛看见冬花开在雪野中，有许多蜜蜂们忙碌地飞着，也听得他们嗡嗡地闹着。

孩子们呵着冻得通红，像紫芽姜一般的小手，七八个一齐来塑雪罗汉。因为不成功，谁的父亲也来帮忙了。罗汉就塑得比孩子们高得多，虽然不过是上小下大的一堆，终于分不清是壶卢还是罗汉，然而很洁白，很明艳，以自身的滋润相粘结，整个地闪闪地生光。孩子们用龙眼核给他做眼珠，又从谁的母亲的脂粉奁中偷得胭脂来涂在嘴唇上。这回确是一个大阿罗汉了。他也就目光灼灼地嘴唇通红地坐在雪地里。

第二天还有几个孩子来访问他；对了他拍手，点头，嘻笑。但他终于独自坐着了。晴天又来消释他的皮肤，寒夜又使他结一层冰，化作不透明的水晶模样，连续的晴天又使他成为不知道算什么，而嘴上的胭脂也褪尽了。

但是，朔方的雪花在纷飞之后，却永远如粉，如沙，他们决不粘连，撒在屋上，地上，枯草上，就是这样。屋上的雪是早已就有消化了的，因为屋里居人的火的温热。别的，在晴天之下，旋风忽来，便蓬勃地奋飞，在日光中灿灿地生光，如包藏火焰的大雾，旋转而且升腾，弥漫太空，使太空旋转而且升腾地闪烁。

在无边的旷野上，在凛冽的天宇下，闪闪地旋转升腾着的是雨的精魂……

是的，那是孤独的雪，是死掉的雨，是雨的精魂。

# 大雁

小川未明

看着年轻的大雁在一个狭窄的池塘里争抢捉鱼，老大雁感叹说：

“你们为什么总是待在这里呢？”

听了老大雁的话，一只聪明的年轻大雁回答说：

“老爷爷，我们去哪里才能幸福地生活呢？来这个池塘落脚以前，我们不知寻找过多少沼泽和浅滩了。可是，无论到了哪里，都会听到飞快奔跑的猎狗的叫声，看到狡猾的猎人扛着猎枪的身影，就没有一个能让我们安心休息的地方。好不容易，我们才找到这个禁猎区里的池塘。”

“这些我都明白，所以，应该去找几乎没有人的地方，到更远、更冷的国家去。我还是个孩子的时候，曾在父母带领下，到过一个有山、有森林、有湖的地方，而且，那里只有白色的激浪涌向岸边，虽然是一片荒凉的景色，但看不到任何猎狗的影子。应该再一次去寻找那些留在记忆里的地方。”

“老爷爷，您说的好像是梦里的事情，您还能记得起那些地方吗？”年轻的大雁问。

“已经是小时候的事情了，已经记不清了！只是留下了一点朦胧的记忆，但是，还是应该去寻找。”老大雁说。

聪明的年轻大雁决定让大家集合，当天夜里在月亮下面开一个会。可是，大家意见都不同。

“从我们自身的安全考虑，待在人类设立的禁猎区里，是多么明智的做法啊。如果离开这里，我们随时随地都可能遇到意想不到的危险。”大雁B说。

“这种担心是有道理。但是，老爷爷您真的知道那样的理想世界吗？”喜欢冒险的大雁K说。

“老爷爷说是小时候在旅途中看到的。现在那些记忆虽然很朦胧，但是老爷爷很有信心，说是只要去找，就一定能找得到。”最先带领大家来这片禁猎区的那只聪明的年轻大雁说。

“那我们就请老爷爷带领我们，出发吧！”最有野性的大雁K，立刻赞成这一说法。

“飞上不知几百里，如果最后没找到这种地方，还能再飞回来吗？”大雁B摆出反对的态度。

“说的倒也是啊。就为了这么个没有把握的希望，放弃这么安全的藏身之所，是要好好思考一下。也许再也不能回到这里来了。”聪明的大雁显出深谋远虑的神情，回答了大雁B的问题。

“怎么能永远信任人类给予我们的安全呢？现在我们去寻找的话，还来得及。”大雁K又说。

但是，一提起这个话题，追求自由的本能已经在大家的心里萌发。

“走吧，走吧，与其在这里这么窝窝囊囊的过冬，还不如相信自己翅膀的力量，去寻找更广阔的自由、更安全理想的世界！”大家的意见终于统一了。

“老爷爷，就请您带路吧。”大雁们说。

一直沉默不说话，仰头望着月亮的老大雁说：

“从这里一直往北飞，就可以到达那里。如果要去，今天晚上就出发吧。”没有一只大雁对此表示不满或是反对。大家沐浴着月光，各自展开翅膀，慢慢飞翔起来。然后，和着拍子，扇动了两三下翅膀，这是长途旅程出发前互致的问候。

紧接着，大雁们便往天空飞去。在湖上依依不舍地绕了一周之后，就放弃了这里，排成一队，彼此鸣叫着，身影再也看不见了。

老大雁为雁队打头阵，接着，是聪明的大雁S和勇敢的大雁K，小心谨慎的大雁B在最后面，胆小体弱的大雁被夹在了队伍中间。大家就这样开始了这次长途旅程。

冬天的旅行，要顶着剧烈的北风前进。老大雁，感受到带领大家前进的责任，同时，它还担负着给年轻大雁鼓劲的职责。老大雁与北风搏击着，俯瞰着山川飞行，可是刚飞了没多久，翅膀就逐渐变得迟钝了，很快就要被年轻的大雁超越过去了。

“老爷爷，慢点飞吧！”

年轻的大雁很快就觉得让这位老大雁带路去冒险，的确过于勉强，过于难为它。但是已经没有办法了。而且，它们越体贴关心，老大雁越不愿意让年轻的大雁看出自己的衰老和软弱，于是，就更加拼命地继续飞翔。

但是，当它们经过一座山中湖泊上空时，不得不落了下来。

因为打头阵的老大雁，再也飞不动了。

“我们飞到这来实在是没经过好好考虑。”大雁S说。

“不，不是这样的。哪怕只是找到了这片湖水，这次旅程也不算白费。看看那周围的群山有多么壮观啊”朝气蓬勃的大雁K说。

“没错，忘却的记忆现在完全恢复了。从这里一直向北飞，就会到达我说的理想的地方。但是，我已经没有力量飞到哪里去了。请把我留在这里，大家赶快继续赶路吧。”老大雁哀伤地说。

“老爷爷，别说这些沮丧的话。我们怎么能把您丢下呢？两天、三天都行，我们要等您恢复了再走。”大雁B说，大雁K和大雁S，还有大家都赞成这话。

然而，对于老大雁来说，这座山中的湖泊就成了埋葬尸骨的地方了。湖面上还是铅灰色，天还没有完全亮，在寒冷的凌晨，它终于拉耸着脑袋，结束了与大自然搏斗的一生。

那天一整天，大雁都在湖面上悲哀地鸣叫着。到了晚上，雁群依依不舍地绕着湖低空飞行了一阵，不久，由大雁K打头阵，朝着北方，朝着目标出发了。那是一个发生在星光闪耀的寒夜的事情。

# 夏天的芳草

理查德·杰弗理斯

我踩着芳香浓郁的浅草向上走去。每攀登一步，我心境感受到的范围似乎也更加宽广；每吸入一口清新的空气，一个更加深沉的渴望不知不觉地萌生了。甚至连这里太阳的光线也更加炙热绚丽。待到我到了山顶，我早已忘干净我的卑微处境和生活烦恼了。我觉得我重新变得正常。山顶有堑壕一道，行至其地，我沿沟缓缓而行，稍事歇息。沟的西南边上，一处坡面坍陷，形成裂口。这里的下面是一带广阔沃野，种着很多小麦，景色优美，周围青山环抱，仿佛一座古罗马圆形剧场。山间有通路隘口之类一道，折向山的南方，天际远处被白云笼罩，不能望到。各处村屯农舍也被树木遮挡，所以这里十分幽静。

这里的确非常幽静，只有阳光和大地为伍。我躺在草上，开始从灵魂深处与大地、阳光、空气以及那渺不可见的远海絮语。我想到大地的坚实——我甚至觉得它将我负载而起；并从身下的茵茵绿草那里传来一种异样的感觉，仿佛大地正在和我交谈。我想到那游荡的空气——以及它的纯净，这正是它美丽的原因：它抚摸着我，并给了我它的一部分。我又与大海交谈；——虽然它离我很遥远，在我的想象之中我仍然看到了它岸沿近处的苍翠与远洋深处的蔚蓝；——我渴望获得它的力量、秘密与荣光。然后我又与太阳交谈，渴望从它的辉煌与灿烂中，从它的坚强与不知疲惫的驰驱中，找到那和灵魂一样的东西。我抬起头来仰对着头顶的蓝天，凝视着它的深邃，呼吸着它的绝妙的色泽和芳馥。天上的那些无法采撷的花里的浓郁蔚蓝把我的灵魂也吸引了去，让它在那里得到休息；因为纯净的色调能给灵魂带来静谧。凭着这一切我祈祷了：我的灵魂体验到了一种不可言喻的感情；相比之下，祈祷反而变得不重要，至于语言更是这种感情的一个粗糙的印记，只可惜我除此再没有别的办法了。凭着湛蓝的天空，凭着那光芒穿透幽径的滚滚烈日，一个新的缥缈的“以太”海洋正在一天天地在我面前展开。凭着那环抱宇宙周流八垠的爽气清氛；凭着那在岸边喧嚣的大海——近处雪浪翻舞的碧海与远洋的深海；凭着负载着我的坚实的大地；再凭着芳馥的茴香，我常抚摸着他们的小花；凭着芊芊芳草；凭着那经手一搓便顺指滑落的粉松白垩，我祈祷了。我搓搓土块、草叶与茴香，吸吸周流寰宇的新鲜空气，想想大海与天空，伸伸手臂来让阳光爱抚一番，并俯首在草上表示虔敬——我正是这样来祈祷的，这时我衷心期望这样或许能接触到那个比上帝还要高的不可言说的世界。

尽管使我心情激动的许多感情那么浓烈，尽管我与大地、阳光、天空、星斗与海洋的一番歆合那么亲切——这种感情动人心魄的深切是无法用语言描写出来的。我正是凭着这些来祈祷的，仿佛它们竟然是一些乐器，一些键盘，凭借它们而把我灵魂中的乐调嘹亮奏出，它们让我的歌声更加嘹亮。那光芒四射的伟大太阳，茁壮而亲切的大地，和暖的晴空与新鲜的空气，以及对大海的思慕——这一切无可言喻的美简直给我带来一种无比欢乐与狂喜，一种飘飘然的感觉……夏天的时候我经常去田野里。背靠着橡树庞大的躯干，这时身后粗糙的树皮与地衣隐隐可以感觉到；在我向下俯视绿色田野的时候，开始思索我要进一步追求的灵魂生活。或者，坐卧在翠绿的冷杉下四处看，看到天空的颜色更加湛蓝；这里遍地是羊齿，咕咕的野鸽，树木晃动处，槐树上的茸茸新叶清晰可辨。不论在躯干修直饱满的榆木荫下，还是在山楂矮木与榛树的旁边，我都充满着一种深刻渴求，那是追逐灵魂本性的渴求；希望从这一切绿色事物和从阳光之中获得那种连它们自己也完全不知道的内在意义——以便我自己也能盛满光泽，仿佛是阳光下的林木那样。甚至连过路时稍稍摸摸树上长满地衣的皱皮和触触伸向路边的一个枝梢，也都仿佛具有代我自身祈祷的效果。

草地被漫漫长夏晒得暖洋洋的。我总是喜欢卧在偏僻的角落，全身躺直，以方便大地爱抚。这里的草又高又茂密，婆娑的树影戏舞在我的面颊之上。我时而眯缝着眼望望天空，又禁不住那晃眼的阳光。我的头顶时常有蜜蜂嗡嗡飞过，有时也飞过一只蝴蝶，空中则是一片营营，翠绿的莺鸟在篱边歌唱，当我这样渐渐进入到夏日炎热的生活后——一种感觉在我的周围熊熊燃烧着的生活，这时每片草叶仿佛都是一把火炬——我终于体会到大地自远古以来的全部漫长生活，而这时太阳正把我照得暖暖的。在很遥远的古昔，南国沙碛上的西索斯托里斯便已对他自己与太阳有所认识……我的灵魂渴望能汲取到那曾经流贯于过去时代的灵魂生活，正像阳光曾不断地倾注在大地之上那样。另外就像流沙能够吸收热量，同样我也能获得那种灵魂的精力。虽然表面如梦一般，我却尽情地吮吸着生命的气息；我对草叶、野花、山楂与树上的绿叶并没有忘记。我似乎恰恰是通过它来生活，仿佛它们一个个尽是我吸吮汁液的孔道。这时蚱蜢正在鸣叫跳跃，绿莺在歌唱、画眉在欢快鸣啭，整个空中生机勃勃。此时我也被深深地投进生命之中，并与那全部生命一道祈祷着。

# 落花生

老舍

我是个谦卑的人。但是，口袋里装上四个铜板的落花生，一边走一边吃，我开始觉得比秦始皇还骄傲。假若有人问我："你要是作了皇上，你怎么享受呢？"简直的不必思索，我就答得出："派

四个大臣拿着两块钱的铜子，爱买多少花生吃就买多少！”

什么东西都有个幸与不幸。不知道为什么瓜子比花生的名气大。你说，凭良心说，瓜子有什么吃头？它夹你的舌头，塞你的牙，激起你的怒气——因为一咬就碎；就是幸而没碎，也不过是那么小小的一片，不解饿，没味道，劳民伤财，布尔乔亚！你看落花生：大大方方的，浅白麻子，细腰，曲线美。这还只是看外貌。弄开看：一胎儿两个或者三个粉红的胖小子。脱去粉红的衫儿，象牙色的豆瓣一对对地抱着，上边儿还结着吻。那个光滑，那个水灵，那个香喷喷的，碰到牙上那个乾松酥软！白嘴吃也好，就酒喝也好，放在舌上当槟榔含着也好。写文章的时候，三四个花生可以代替一支香烟，而且有益无损。

种类还多呢：大花生，小花生，大花生米，小花生米，糖饯的，炒的，煮的，炸的，各有各的风味，而都好吃。下雨阴天，煮上些小花生，放点盐；来四两玫瑰露；够作好几首诗的。瓜子可给诗的灵感？冬夜，早早的躺在被窝里，看着《水浒》，枕旁放着些花生米；花生米的香味，在舌上，在鼻尖；被窝里的暖气，武松打虎……这便是天国！冬天在路上，刮着冷风，或下着雪，袋里有些花生使你心中有了主儿；掏出一个来，剥了，慌忙往口中送，闭着嘴嚼，风或雪立刻不那么厉害了。况且，一个二十岁以上的人肯神仙似的，无忧无虑的，随随便便的，在街上一边走一边吃花生，这个人将来要是作了宰相或度支部尚书，他是不会有官僚气与贪财的。他若是作了皇上，必是朴俭温和直爽

天真的一位皇上，没错。

吃瓜子的照例不在街上走着吃，所以我不给他保这个险。

至于家中要是有小孩儿，花生简直比什么也重要。不但可以吃，而且能拿它们玩。夹在耳唇上当环子，几个小姑娘就能办很大的一回喜事。小男孩若找不着玻璃球儿，花生也可以当弹儿。玩法还多着呢。玩了之后，剥开再吃，也还不脏。两个大子儿的花生可以玩半天；给他们些瓜子试试。

论样子，论味道，栗子其实满有势派儿。可是它没有落花生那点家常的“自己”劲儿。栗子跟人没有交情，仿佛是。核桃也不行，榛子就更显着疏远。落花生在哪里都有人缘，自天子以至庶人都跟它是朋友；这不容易。

在英国，花生叫作“猴豆”——Monkey nuts。人们到动物园去才带上一包，去喂猴子。花生在这个国里真不算很光荣，可是我亲眼看见去喂猴子的人——小孩就更不用提了——

偷偷地也往自己口中送这猴豆。花生和苹果好象一样的有点魔力，假如你知道苹果的典故；我这儿确是用着典故。

美国吃花生的不限于猴子。我记得有位美国姑娘，在到中国来的时候，把几只皮箱的空处都填满了花生，大概凑起来总够十来斤吧，怕是到中国吃不着这种宝物。美国姑娘都这样重看花生，可见它确是有价值；按照哥伦比亚的哲学博士的辩证法看，这当然没有误儿。

花生大概还跟婚礼有点关系，一时我可想不起来是怎么个办法了；不是新娘子在轿里吃花生，不是；反正是什么什么春吧——你可晓得这个典故？其实花轿里真放上一包花生米，新娘子未必不一边落泪一边嚼着。

# 会唱歌的夜莺

儒勒·米什莱

以前那个很出名的克莱尔草地，就是今日的圣·日耳曼市场。大家都知道，每到星期天这里就是巴黎的鸟市。这地方名

目繁多，十分有意思。可以说这是一所占地辽阔、常常更新的动物园，可以称之为法国鸟类学方面的、活动的、饶有兴味的博物名苑。

除此之外，这么一个拍卖捕获动物的去处，许多飞禽总是努力地表现被囚禁的样子。这些鸟儿犹如奴隶一样被商人们陈列售卖，各种夸耀，让人想起东方的那些奴隶市场。这些长着翅膀的奴隶，尽管不理解我们的语言，却也流露出许多奴隶的哀愁：其中有些尽管天性温驯；但是也有些是沮丧失落的，总是在盼望自由。还有一些鸟儿看上去似乎在和你招呼，让你停留下来，好把它们买去。它们只期盼能有个好主人。忘记了有多少次我们看到一只聪明的金翅鸟，或是一只娇态可掬的红颈鸟儿，凄楚地凝视着我们，那眼神里分明在说："请买下我，好吧。"

今年夏天，有个星期日，我们到那里参观。这可是一次永远也忘不掉的参观。

这一天，在这座市场上鸟儿中，一只黄莺是那么光彩夺目，人们把这只珍贵的鸟儿放在所有鸟笼上方的架子上。它轻盈而妩媚地飞舞着，明艳动人。经过长期驯养之后，它似乎已经习惯于幽禁的生活，没有丝毫埋怨，处处给人温馨愉快。它的确是一个美丽的鸟儿，轻歌曼舞，通体谐和，我看到它在跳跃，似乎听见它在歌唱。

在它的下面，一只狭小寒酸的笼子里，杂沓凌乱地拥挤着六只体型大小不同的鸟儿。有人让我看其中一个我不能分辨的囚徒，这就是今天早上刚刚捉到的夜莺。卖鸟儿的耍弄诡计，把新来的俘虏放在

一群愉快的、习惯被囚牢的小小奴隶中间。这些小鹪鹩原本就是在笼子里出生，出生还没有多久呢。我想，那商贩总是仔细考虑过，当夜莺看到周围这份天真的快乐氛围时，也许会忘记它自身无数的烦忧吧。

这种悲怆远比用眼泪表达出来的一切忧愁更加动人。沉默的悲哀深深地埋在心中，希望永远是黑暗一片。它蜷缩在笼子深处的阴影里，一只小食槽半掩住身子，羽毛贲张，双眼紧紧闭上。那群受到宠爱的、喧闹的小家伙在又调皮又鲁莽地嬉闹，推推搡搡，碰撞着它，可是它总是动也不动，连眼睛也不睁开。很明显，它不想看，也不想听，不肯吃食也不自我安慰。我察觉

到这种甘愿与世隔绝的状态正是它在极度痛苦中的一种“解脱”，它似乎蓄意自戕。它在精神上接纳死亡，尽可能地闭目塞听，屏气静息地死去。

你该注意到在这种状态中，它却没有丝毫怨恨、辛酸和愤怒，和旁边那只暴躁的燕雀一点也不一样，不那么猛烈挣扎，不那样难过。甚至那些幼稚无知的小鸟儿，对它漠不关心也不尊重，经常冲压到它身上，但它一点都没有表现出不快。它显然在说：“对于已经死去的，这又有什么呢？”尽管它双眼紧紧闭上，我仍然看得出它的心思。我感觉到一位艺术家充溢着温馨和光辉的灵魂，对于世俗的野蛮，命运的坎坷，既不恼恨，也不拒绝。

它当然能被称之艺术家，它具有人类稀有的高雅风格，一切艺术家的品质，在它身上优点和缺点一样明显。它孤僻恐惧疑惑，但并不狡猾。它不顾自身安全，总爱单独外出，到处遨游。它充满嫉妒，在这方面差不多和燕雀一样。从前有一个历史学家在描写它时写道：“它放声高唱。”它挺得意地百啭娇啼，它最爱在有回声的地方居住，常常聆听并时时予以应答。人们看到它在囚禁中十分烦闷，经常白天久久睡眠，做着激动的梦，经常又挣扎，提防，力求摆脱。它的神经痛，还有癫痫老是发作，纠缠无已。

它仁慈，但也非常凶猛。让我来解释吧，对于弱小，它的心是柔软的：如果你把一些孤儿交付给它，它会好好照顾它们，一直放在心上，它纵然是雄性又已年老，但却会如妇女那样，哺育并仔细照料幼雏，无微不至。但另一方面它对猎获物却极其残酷，贪婪而狼吞虎咽地吃下去；在它心中火一般的热情总是使它保持消瘦，并使它时刻需要新奇；这也是人们容易捕捉到它的原因之一。早上，特别是四五月间的早上，当它唱了一夜的歌之后，猎人只要装上个套子就能捉到。那时，它疲惫不堪，虚弱贪吃，经常盲目地扑向诱饵。它很好奇；这样，为了想看到一些新的东西，它自己反倒进入了陷阱。

一旦捉住，要是你不注意把它的翅膀扎起，或者不把笼子蒙好，外面护上厚棉垫，它准会惊悸得乱蹦乱跳而死。

这种剧烈行动却只是表象。它的内心特别柔和而驯良；正是如此才使它志向高尚，成为真正的艺术家。它不但最富灵感，而且还最有教养，最文明，也最勤劳。

你看，这些幼雏将它们的父亲团团围住，注意聆听它的话语，希望能长进，练嗓音，一点一点地纠正错误，改掉开蒙时刺耳的腔调，使自己的声音变得柔和起来，这个场面多么动人！

你看到它在自学中成长起来，比较，提高自己，慢慢地挺得意地在讲述新的题目，是何其的有趣！这份毅力，这份认真，出于对艺术的尊敬和一种内心的虔诚，这正是艺术家的品德，它神圣的加冕礼，这使它在人群中脱颖而出，不屑与那班虚伪的鸟儿为伍。那些无意识的呓语，唠唠叨叨，不过是大自然的回声罢了。

那么，爱情和阳光大概都是它的起点吧，艺术本身和爱美，尽管只能隐隐看见，但却强烈地让人觉得，它是滋润心灵的第二源泉，并给它清新的气息。一旦向无穷开放之后，其发展是不可限量的。

艺术家真正伟大之处，是超越他的对象，是做出比自己所想做的更多的东西，那完全是另外的东西，超过了本来的目标，超过了可能，并望到更远处的彼岸。

伟大的悲哀，无尽的烦忧就来源于这里，为他从来不曾有过的悲剧而哭泣的可笑的崇高也来自这里。别的禽鸟不禁为之惊讶，有时会问它心里到底想着什么事情，有哪些哀愁。它快乐而自由地待在树林里，只是在岑寂中歌唱我的俘虏以回答它们：Lascia ch’io pianga！任我悲吟！

# 花事，牵牛花

叶圣陶

手种牵牛花，接连有三四年了。水门汀地没法下种，种在十来个瓦盆里。泥是今年又明年反复用着的，无从取得新的泥来加入，曾与铁路轨道旁种地的那个北方人商量，愿出钱向他买一点儿，他不肯。

从城隍庙的花店里买了一包过磷酸骨粉，掺和在每一盆泥里，这算代替了新泥。

瓦盆排列在墙脚，从墙头垂下十条麻线，每两条距离七八寸，让牵牛的藤蔓缠绕上去。这是今年的新计划，往年是把瓦盆摆在三尺光景高的木架子上的。这样，藤蔓很容易爬到了墙头；随后长出来的互相纠缠着，因自身的重量倒垂下来，但末梢的嫩条便又蛇头一般仰起，向上伸，与别组的嫩条纠缠，待不胜重量时重演那老把戏；因此墙头往往堆积着繁密的叶和花，与墙腰的部分不相称。今年从墙脚爬起，沿墙多了三尺光景的路程，或者会好一点儿；而且，这就将有一垛完全是叶和花的墙。

藤蔓从两瓣子叶中间引伸出来以后，不到一个月功夫，爬得最快的几株将要齐墙头了，每一个叶柄处生一个花蕾，像谷粒那么大，便转黄萎去。据几年来的经验，知道起头的一批花蕾是开不出来的；到后来发育更见旺盛，新的叶蔓比近根部的肥大，那时的花蕾才开得成。

今年的叶格外绿，绿得鲜明；又格外厚，仿佛丝绒剪成的。这自然是过磷酸骨粉的功效。他日花开，可以推知将比往年的盛大。

但兴趣并不专在看花，种了这小东西，庭中就成为系人心情的所在，早上才起，工毕回来，不觉总要在那里小立一会儿。那藤蔓缠着麻线卷上去，嫩绿的头看似静止的，并不动弹；实际却无时不回旋向上，在先朝这边，停一歇再看，它便朝那边了。前一晚只是绿豆般大一粒嫩头，早起看时，便已透出二三寸长的新条，缀一两张长满细白绒毛的小叶子，叶柄处是仅能辨认形状的小花蕾，而末梢又有了绿豆般大一粒嫩头。有时认着墙上斑驳痕想，明天未必便爬到那里吧；但出乎意外，明晨竟爬到了斑驳痕之上；好努力的一夜功夫！"生之力"不可得见；在这样小立静观的当儿，却默契了"生之力"了。渐渐地，浑忘意想，复何言说，只呆对着这一墙绿叶。

即使没有花，兴趣未尝短少；何况他日花开，将比往年盛大呢。

# 竹影

丰子恺

几个小伙伴，借着月光画竹影，你一笔，我一画，参参差差，明明暗暗，竟然有几分中国画的意味。也许，艺术和美就蕴含在孩子的童稚活动中。你是否有过类似的体验呢？

吃过晚饭后，天气还是闷热。窗子完全打开了，房间里还坐不牢。太阳虽已落山，天还没有黑。一种幽暗的光弥漫在窗际，仿佛电影中的一幕。我和弟弟就搬了藤椅子，到屋后的院子里去乘凉。

天空好像一盏乏了油的灯，红光渐渐地减弱。我把眼睛守定西天看了一会儿，看见那光一跳一跳地沉下去，非常微细，但又非常迅速而不可挽救。正在看得出神，似觉眼梢头另有一种微光，渐渐地在那里强起来。回头一看，原来月亮已在东天的竹叶中间放出她的清光。院子里的光景已由暖色变成寒色，由长音阶（大音阶）变成短音阶（小音阶）了。门口一个黑影出现，好像一只立起的青蛙，向我们跳将过来。来的是弟弟的同学华明。

“唉，你们惬意得很！这椅子给我坐的？”他不待我们回答，一屁股坐在藤椅上，剧烈地摇他的两脚。椅子背所靠的那根竹，跟了他的动作而发抖，上面的竹叶做出萧萧的声音来。这引起了三人的注意，大家仰起头来向天空看。月亮已经升得很高，隐在一丛竹叶中。竹叶的摇动把她切成许多不规则的小块，闪烁地映入我们的眼中。大家赞美了一番之后，我说：“我们今晚干些什么呢？”弟弟说：“我们谈天吧。我先有一个问题给你们猜：细看月亮光底下的人影，头上出烟气。这是什么道理？”我和华明都不相信，于是大家走出竹林外，蹲下来看水门汀上的人影。我看了好久，果然看见头上有一缕一缕的细烟，好像漫画里所描写的动怒的人。“是口里的热气吧？”“是头上的汗水在那里蒸发吧？”大家蹲在地上争论了一会儿，没有解决。华明的注意力却转向了别处，他从身边摸出一枝半寸长的铅笔来，在水门汀上热心地描写自己的影。描好了，立起来一看，真像一只青蛙，他自己看了也要笑。徘徊之间，我们同时发现了映在水门汀上的竹叶的影子，同声地叫起来：“啊！好看啊！中国画！”华明就拿半寸长的铅笔去描。弟弟手痒起来，连忙跑进屋里去拿铅笔。我学他的口头禅喊他：“对起，对起，给我也带一枝来！”不久他拿了一把木炭来分送我们。华明就收藏了他那半寸长的法宝，改用木炭来描。大家蹲下去，用木炭在水门汀上参参差差地描出许多竹叶来。一面谈着：“这一枝很像校长先生房间里的横幅呢！”“这一丛很像我家堂前的立轴呢！”“这是《芥子园画谱》里的！”“这是吴昌硕的！”忽然一个大人的声音在我们头上慢慢地响出来：“这是管夫人的！”大家吃了一惊，立起身来，看见爸爸反背着手立在水门汀旁的草地上看我们描竹，他明明是来得很久了。华明难为情似的站了起来，把拿木炭的手藏在背后，似乎害怕爸爸责备他弄脏了我家的水门汀。爸爸似乎很理解他的意思，立刻对着他说道：“谁想出来的？这画法真好玩呢！我也来描几瓣看。”弟弟连忙拣木炭给他。爸爸也蹲在地上描竹叶了，这时候华明方才放心，我们也更加高兴，一边描，一边拿许多话问爸爸：

“管夫人是谁？”“她是一位善于画竹的女画家。她的丈夫名叫赵子昂，是一位善于画马的男画家。他们是元朝人，是中国很有名的两大夫妻画家。”

“马的确难画，竹有什么难画呢？照我们现在这种描法，岂不很容易又很好看吗？”“容易固然容易；但是这么‘依样画葫芦’，终究缺乏画意，不过好玩罢了。画竹不是照真竹一样描，须经过选择和布置。画家选择竹的最好看的姿态，巧妙地布置在纸上，然后成为竹的名画。这选择和布置很困难，并不比画马容易。画马的困难在于马本身上，画竹的困难在于竹叶的结合上。粗看竹画，好像只是墨笔的乱撇，其实竹叶的方向、疏密、浓淡、肥瘦，以及集合的形体，都要讲究。所以在中国画法上，竹是一专门部分。平生专门研究画竹的画家也有。”

“竹为什么不用绿颜料来画，而常用墨笔来画呢？用绿颜料撇竹叶，不更像吗？”“中国画不注重‘像不像’，不像西洋画那样画得同真物一样。凡画一物，只要能表现出像我们闭目回想时所见的一种神气，就是佳作了。所以西洋画像照相，中国画像符号。符号只要用墨笔就够了。原来墨是很好的一种颜料，它是红黄蓝三原色等量混合而成的。故墨画中看似只有一色，其实包罗三原色，即包罗世界上所有的颜色。故墨画在中国画中是很高贵的一种画法。故用墨来画竹，是最正当的。倘然用了绿颜料，就因为太像实物，反而失却神气。所以中国画家不喜欢用绿颜料画竹；反之，却喜欢用与绿相反的红色来画竹。这叫做‘朱竹’，是用笔蘸了朱砂来撇的。你想，世界上哪有红色的竹？但这时候画家所描的，实在已经不是竹，而是竹的一种美的姿势，一种活的神气，所以不妨用红色来描。”爸爸说到这里，丢了手中的木炭，立起身来结束说：“中国画大都如此。我们对中国画应该都取这样的看法。”

月亮渐渐升高了，竹影渐渐与地上描着的木炭线相分离，现出参差不齐的样子来，好像脱了版的印刷。夜渐深了，华明就告辞。“明天白天来看这地上描着的影子，一定更好看。但希望大不要落雨，洗去了我们的‘墨竹’，大家明天会！”他说着就出去了。我们送他出门。

我回到堂前，看见中堂挂着的立轴——吴昌硕描的墨竹，似觉更有意味。那些竹叶的方向、疏密、浓淡、肥瘦，以及集合的形体，似乎都有意义，表现着一种美的姿态，一种活的神气。

# 蝉与纺织娘

郑振铎

你如果有福气独自坐在窗内，静悄悄地没一个人来打扰你，一点钟，两点钟的过去，嘴里衔着一支烟，躺在沙发上慢慢地喷着烟云，看它一白圈一白圈的升上，那末在这静境之内，你便可以听到那墙角阶前的鸣虫的奏乐。

那鸣虫的作响，真不是凡响；如果你曾听见过曼杜令的低奏，你曾听见过一支洞箫在月下湖上独吹着，你曾听见过红楼的重幔中透漏出的弦管声，你曾听见过流水淙淙的由溪石间流过，或你曾倚在山阁上听着飒飒的松风在足下拂过，那末，你便可以把那如何清幽的鸣虫之叫声想象到一二了。

虫之乐队，因季候的关系而颇有不同，夏天与秋令的虫声，便是截然的两样。蝉之声是高旷的，享乐的，带着自己满足足意的；它高高地栖在梧桐树或竹枝上，迎风而唱，那是生之歌，生之盛年之歌，那是结婚曲，那是中世纪武士美人的大宴时的行吟诗人之歌。无论听了那叽——叽——的漫长声，或叽格……叽格……的较短声，都可同样的受到一种轻快的美感。秋虫的鸣声最复杂。但无论纺织娘的咭嘎，蟋蟀的唧唧，金铃子之叮令，还有无数无数不可名状的秋虫之鸣声，其声调之凄抑却都是一样的，它们唱的是秋之歌，是暮年之歌，是薤露之曲。它们的歌声，是如秋风之扫落叶，怨妇之奏琵琶，孤峭而幽奇，清远而凄迷，低徊而愁肠百结。你如果是一个孤客，独宿于荒郊逆旅，一盏荧荧的油灯，对着一张板床，一张木桌，一二张硬板凳，再一听见四壁唧唧知知的虫声间作，那你今夜便不用再想稳稳地安睡了，什么愁情，乡思，以及人生之悲感，都会一串串地从根儿勾引起来，在你心上翻来复去，如白老鼠在戏笼中走轮盘一般，一上去便不用想下来憩息。如果你不是一个客人，你有家庭，你有很好的太太，你并没有什么闹愁胡想，那末，在你太太已睡之后，你想在书房中静静的写些东西时，这唧唧的秋虫之声却也会无端的窜人你的心里，翻掘起你向不曾有过的一种凄感呢。如果那一夜是一个月夜，天井里统是银白色，枯秃的树影，一根一条的很清朗的印在地上，那末你的感触将更深了。那也许就是所谓悲秋。

秋虫之声，大都在蝉之夏曲已告终之后出现，那正与气候之寒暖相应。但我却有一次奇异的经验；在无数的纺织娘之鸣声已来了之后，却又听得满耳的蝉声。我想我们的读者中有这种经验的人是必不多的。

我在山中，每天听见的只有蝉声，鸟声还比不上。那时天气是很热，即在山上，也觉得并不凉爽。正午的时候，躺在廊前的藤榻上，要求一点的凉风，却见满山的竹树梢头，一动也不动，看看足底下的花草，也都静静地站着，如老僧入了定似的。风扇之类既得不到，只好不断地用手巾来拭汗，不断地在摇挥那纸扇了。在这时候，往往有几缕的蝉声在槛外鸣奏着。闭了目，静静的听了它们在忽高忽低，忽断忽续，此唱彼和，仿佛是一大阵绝清幽的乐队在那里奏着绝清幽的曲子，炎热似乎也减少了，然后，朦胧的朦胧地睡去了，什么都不觉得。良久，良久，清梦醒来时，却又是满耳的蝉声。山中的蝉真多！绝早的清晨，老妈子们和小孩子们常去抱着竹竿乱摇一阵，而一只二只的蝉便要跟随了朝露而落到地上了。每一个早晨，在我们滴翠轩的左近，至少是百只以上之蝉是这样的被捉。但蝉声并不减少。

常常的，一只蝉两只蝉，叽的一声，飞入房内，如平时我们所见的青油虫及灯蛾之飞入一样。这也是必定被人所捉的。有一天，见有什么东西在槛外倒水的铅斗中咯笃咯笃地作响，俯身到槛外一看，却又是一只蝉，这当然又是一个俘虏了。还有好几次，在山脊上走时，忽见矮林丛中有什么东西在动，拨开林丛一看，却也是一只蝉。它是被竹枝竹叶挡阻住了不能飞去。我把它拾在手中。同行的心南先生说，“这有什么稀奇，放走了它吧。要多少还怕没有！”我便顺手把它向风中一送，它悠悠扬扬的飞去很远很远，渐渐地不见了。我想不到这只蝉就在刚才是地上拾了来的那一只！

初到时，颇想把它们捉几个寄到上海去送送人。有一次，便托了老妈子去捉。她在第二天一早，果然捉了五六只来放在一个大香烟纸盒中，不料给依真一见，她却吵着，带强迫的要去。我又托那个老妈子去捉。第二天，又捉了四五只来。依真的纸盒中却只剩下两只活的，其余的都死了。到了晚上，我的几只，也死了一半。因此，寄到上海的计划遂根本的打消了。从此以后，便也不再托人去捉，自己偶然捉来的，也都随手的放去了。那样不经久的东西，留下了它干什么用！不过孩子们却还热心地去捉。依真每天要捉至少三只以上用细绳子缚在铁杆上。有一次，曾有一只蝉居然带了红绳子逃去了；很长的一根红绳子，拖在它后面，在风中飘荡着，很有趣味。

半个月过去了；有的时候，似乎蝉声略少，第二天却又多了起来。虽然是叽——叽——的不息地鸣着，却并不觉喧扰；所以大家都不讨厌它们。我却特别的爱听它们的歌唱，那样的高旷清远的调子，在什么音乐会中可以听得到！我以我每以蝉声将绝为虑，时时地干涉孩子们的捕捉。

到了一夜，狂风大作，雨点如从水龙头上喷出似的，向槛内廊上倾倒。第二天还不放晴。再过一天，晴了，天气却很凉，蝉声乃不再听见了！全山上的鸣唱着的却换了一种咭嘎——咭嘎——的急促而凄楚的调子，那是纺织娘。

“秋天到了，”我这样地说着，颇动了归心。

再一天，纺织娘还是咭嘎咭嘎地唱着。

然而，第三天早晨，当太阳晒得满山时，蝉声却又听见了！且很不少。我初听不信；叽——叽——叽格——叽格——那确是蝉声！纺织娘之声却又潜踪了。

蝉回来了，跟它回来的是炎夏。从箱中取出的棉衣又复放入箱中。下山之计遂又打消了。

谁曾于听了纺织娘歌声之后再听见蝉的夏曲呢？是我的一个有趣的经验。

# 雪

圣·琼·佩斯

于是下雪了，第一批别离的阵雪，落到梦幻和现实织成的巨大布帛上，有记忆的人们忘却了各种痛苦，我们双鬓只有床单的清新香气。这是很早的早晨，盐灰的曙色笼罩，大概早于六点钟光景，犹如暂时停泊在一个临时的港口，一处恩赐的避难所，在这里，散落着串串安静的伟大颂歌。

整个晚上，无知无觉，鹅毛雪片纷纷落下，似乎不会停止，那一座座摩天大楼——被萤火虫照耀得晶莹的浮石，高高地托起无数心灵的遗痕和重担，不断地增长，而且将所负的重担忘怀。唯有那些昆虫，稍微知道其中底细，不过它们的记性恍然糊涂，讲述得又很荒诞。心灵对这些非凡事物所起的影响，我们无处知道。

谁也不曾惊讶，谁也不曾知觉，这丝绒一样的时刻，这轻脆、细琐之极的东西第一次掠过、接触到那高高耸起的石面，好像眼睫毛一夹。在青铜的覆盖和铬钢的射角上，在哑然不语的瓷砾和又厚又大的玻璃瓦上，落上了阵雪，没有任何人惊动，也没有人玷污，这气息初凝的水汽。

仿佛是一柄刚出鞘的宝剑乍现的一颤……雪在下，看呀，我们来说说它的奇妙吧！静悄的黎明周身丰羽，犹如是只传奇的巨枭，任凭精气吹拂，鼓起它那白色大丽菊的形体。奇景和欢乐从各个方向向我们涌来。让我们朝那露天茶座的门面致敬吧，恰是去年夏天，那位建筑师就在那儿指给我们看过夜鹰下的好些卵。

# 夜

罗布特·瓦尔泽

昨天晚上，风是多么轻柔，多么柔软。再没有小猫能如昨夜那样温存小心地偎依。一位母亲就这样温柔地亲热地爱抚她天真可爱的爱子。

我踩着熟悉的陡峭的小路上山。一路风景宜人一片宁静。树木纤细的枝桠与黑黝黝的形体耸入寂静的银灰的夜空。一股发出动听旋律的涓涓流淌的清泉，跳过各色各样的岩石，顺着山路潺潺地流入山下的森林。

森林是一个童话，我步在其中，犹如童话世界的漫游者。没有边际的安谧与宁静，虽然看不到月亮。夜是无月的夜。但星星却像和善的眼睛时时穿透森林，望穿仙境似的夜色，为了把可人的灵性赋予它。安静而快乐的思想跟我走过森林，周围漫布的魔力随着时间伴着我的足音增长。一切都像中了魔。

山脉仿佛一个沉睡了千百年的巨大的乖孩子。夜如妇人温柔无比的双臂，越来越紧地将我拥抱。走近一片没有树木的空地，

便望见山下柔和奇妙的平地上城市隐约的屋宇和数不清的灯光。这众多的灯火，优美地洒布在平原上，恰似浮游在安逸、天真和正直的海洋之中。

我站了一会儿，深谷与高山似乎在微笑，在游戏，在倾诉着爱的絮语。然后，我举步前行，钻出树林，不久来到一处孤独寂静的农舍，大树将它的屋顶挡住，门前井中水声汩汩。夜的寂静，空气的安谧。幽深的空间的宁静。还有潺潺的井水，孤独高贵的农舍，充满古朴的真诚和真正的森林，农舍离得这样近，森林的边缘这样温暖，森林之中充满了皇族的高贵，这所有的一切令我止步，令我深思：我好像置身在高雅、温柔、广袤的王国。淡淡的红色染亮两扇窗。路上没有人。

我独自站在文字美丽的夜色中，站在美丽的黑暗之间。

# 四
# 检视自己的灵魂，<br>拥有一颗为世事悲欢的心

对爱情的盼望，对知识的追寻，对人类苦难无法遏制的同情，是三种支配我一生的单纯而强烈的感情。

# 眼前就是大海

阿尔贝·加缪

我在海上长大，贫困对我来说是很正常的事情。随后，我便失去了大海，那时的我不屑于一切繁华奢侈。然而生活的悲惨却是让人无法忍受的。于是我便等待着返回的船舶，等待着海上的房屋，等待着晴朗的日子。我有这份耐心，我尽力在人前保持着应有的礼貌。我常常在聚居着学者的整洁大街上出没，我欣赏自然景色，我也和别的人一样热烈地鼓掌，也帮助别人，但开口说话的却不是我。别人表扬我，我便稍微想一想；别人冒犯我，我也视作平常，随后我便置之不理，并对冒犯我的人，笑颜相向，或者对我所爱的人打招呼时更加彬彬有礼。如果我的头脑中仅只有一种人的形象，那就真的不知道该怎么办了。如果有人逼迫我，让我说出我到底是什么人，我就说：“我什么都不是，我什么都不是。”

这总比做出一副苦大仇深的样子要好。我的确是异常

优秀的。我在堆积着垃圾的郊区，我在排满水泥桩的宽阔的大道上前行，这条路直通一个个寒冷的洞穴。在那里，我看着那些胆大包天的朋友们在三米深的坑里埋葬我的朋友们。并见到一双满是泥土的手递过来一支鲜花，如果此刻我把它扔掉，下面都是可以埋葬的地方。我无比虔诚，异常感动，低着头向其致敬。大家都表扬我说话得体，但我却不值得赞赏。我在等待着。

我等待了好久。有时候我脚步混乱，不知道怎么办。成功的机会一再流失，但这没有关系，反正我孤独一人。就这样，我常在夜间醒来，人在半睡状态，仿佛听到一种海浪般的声音，那是海水在呼吸。待到完全清醒时，我才确切地感到，风在树枝间低低吟唱，一种使人不快的嘈杂声在寂静的城市里起起伏伏。随后，我便感到一阵阵悲苦向我袭来，让我无法脱身，却又无法给它穿上一件华丽的外衣。还有的时候，情况却正好相反，我得到了帮助。在纽约，有那么一段时间，我便沦落在这个用水泥钢筋造成的大井的深处，在那里，有几百万人在飘荡。我从一处奔到另一处，却找不到尽头，我已经力气全无，于是只好到正在为自己寻找出路的人群中去寻求出路。我险些不能呼吸，惊慌失措中几乎要高声呼喊。每当这时候，便听得身后有人远远地呼喊，这呼喊告诉我，这个城市、这个干涸的大蓄水池，只不过是一个小岛，在巴特厘塔的顶端，我洗礼的圣水正在等待着我，腐烂污秽，上面用空心软木所覆盖。就这样，什么都没有的我，已经把自己的命运交给别人，并且虽然有那么多的房屋，却在外面风餐露宿，但只要我想这么做，便感到非常满足，我随时都在准备着漂洋过海。我不懂什么叫绝望。对一个绝望者和像我这样的人来

说，他们没有故乡。我知道，大海走在我前面，并且也在后尾随我。我完全准备好要做一件让人无法理解的事。那些相爱的人，一旦分手，彼此便生活在痛苦中，但那并不是绝望，他们知道，爱还存在。这就是为什么我能够默默承受四处漂泊。我还在等待。那一天终会到来……水手们光着脚轻轻地在甲板上走。黎明时，我们便启航了。刚一出港，便有一阵阵短促有力的海风猛烈地击打着海面，便掀起了一道道没有泡沫的小浪。一会儿后，那清凉的海风便在水面上播下一朵朵白山茶，但却转瞬即逝。这样，整整一个上午，船帆就在那洋溢着欢乐气息的巨大养鱼塘上被吹得乱响。海水似乎很沉重，泛着白色的鳞片，仿佛清新的黏液。时不时地还能听到海浪撞击船艏柱的声音。海神吐出的一片苦涩而滑腻的泡沫，在甲板上流淌，然后便流到海里，随即海水便把它们冲得一会儿能看见一会儿看不见，看上去像蓝白色的脱毛乳

牛，显得十分疲惫，但还能在我们船后飘浮很长时间。

自出海以来，一群群海鸥便跟在我们船只后面，看起来相当悠闲，翅膀是静止的。它们驾着海上的轻风，笔直地飞行，十分漂亮。突然扑通一声，这一声响，从船上的厨房里传了出来，仿佛给这些贪吃的海鸥发出一声信号，打乱了它们美丽的飞翔阵列，仿佛在那挥动的白色翅膀中燃起一团烈火。于是这群海鸥便乱糟糟地飞着，立即掉转方向，争先恐后地以最快的速度向海面冲去。一会儿后，便又在海面上重新聚集起来相互争夺食物，但却被我们船只远远甩在后面了。只见它们在海浪的缝隙中慢慢地分享着那些天赐的食物。

中午，在燥热的阳光下，大海也懒洋洋的，差不多一动不动，待到它恢复了力气时，它能教安静的天际发出一声呼啸。经过一个小时的煎熬，像一块白色的巨大铁板般没有一点生气的海面，便开始发出轻微的爆裂声，先是轻微的爆裂，接着就冒出烟来，终于燃烧起来。再等一会儿，它便会掉转过身躯，向太阳显示它那湿淋淋的面孔了，现在则隐藏在海浪中和黑暗里。我们从海格立斯峡道穿过，在峡道顶上昂泰便死在那儿。出去，就是一片汪洋了。我们仅凭一条船便越过了合恩角和好望角，子午线和纬线并排在一起，太平洋连着大西洋，接着便向温哥华而行，我们便慢慢地向南海进发……一天早上，那些海鸥便突然间不见了，因为我们离陆地已远，伴随我们的猛然间只有船帆和机器。

伴随我们的还有一眼望不到边的地平线。海浪自看不到的东方涌来，一个接着一个，显得极有耐心。一直来到我们面前，然后仍旧十分有耐心地一个一个离我们而去，向陌生的西方去了。

漫长的行程，既无开始，也无结束……长河小溪一个个地过去了，大海也过去了，并且也留住了。就这样，人必须有爱，有忠诚，也有暂时的逃亡。我拥护大海。

正是满潮之时。太阳在降落，笼罩在地平线的薄雾中，朦朦胧胧，只那么一刹那，大海的一头变成玫瑰色，另一头则变成蓝色，接着海水就变成了深色。在长时间的寂静中，在夜幕即将到来时，成百上千条海豚，从水面露了出来，它们在我们周围欢呼跳跃一会儿后，便向无人的地方游去。它们离去后，这一片无人问津的大海便沉默了，更显得有些焦虑了。

又过了一会儿，在回归线上竟然和冰山遇到了。当然，它在温热的海水中漂游了那么久，在水面上是看不到的。它沿我们船的右舷漂浮着，使得右舷上的缆绳都挂上一层霜粒，而左舷整整一天都十分干燥。

夜晚并不降落在海上，太阳已跌落海中，余晖也慢慢暗了下来，变成了浓郁的灰白色。然而，这种光亮却从水下升了上来，映明了还是苍白色的天空。在极短的时间里，金星便在黑色的浪涛上方，孤独地显现出来。只在闭眼的刹那，便见到星斗缀满了清澈的天空。

月亮升起来了。开始，它只是淡淡地照在水面上，它继续上升，便慢慢悬在波涛起伏的海面上了。终于，月亮升到天空的中间了，它的光辉洒满大海，并形成一条光亮的通道，像一条胀满的奶河，只见它随着船只的摆动，向我们涌来，在黑暗的海洋上，它向我们源源不断地涌来。这便是真实的夜晚，是清凉的夜晚。这个缀满繁星，犹如白昼一样明亮的夜晚，我称之为醉人的醇酒、欲望的源泉。

我们在如斯广阔的空间里航行，这无边无际的海面使我们觉得永远也没有止境。太阳才落，月亮已升，就这么不断地往复，仿佛穿在同一条光明和黑夜的线上。海上的日子，一切事情都仿佛沉浸在幸福之中……就像斯特文逊说的那样，这种生活，它拒绝忘记，也拒绝回忆。

黎明，我们垂直地穿过了回归线。海水在痉挛呻吟。白昼便这样来到了波涛汹涌、犹如钢铁光亮的大海上。天空在薄雾和炎热的笼罩下变得炎热。太阳的光，死气沉沉，但却让人无法抵抗，似乎它在厚厚的云层中，已融入整个天体。天空在这个变了面孔的海上，仿佛也很扭捏。随着时间的推移，暑热在苍白的空气中增长。整整一天，船的艏柱，都在大群大群的飞鱼中冲撞，那是一种结实有力的小鸟，它们都纷纷破浪升空。

下午，我们遇到一艘客轮，它正在往岸边的城市行驶。和我们打招呼的汽笛仿佛是史前动物的怒吼，此后旅客们互相致意的手势就在海上消逝了，两条船越隔越远，终于我们被无情的海水猛烈分开，这一切使我们滋味莫名。

在大西洋的深海里，狂暴的海风将我们吹得蜷缩起来。海风不断地从地球的一端吹向另一端，我们发出的每一声呼喊，都毫无影响，都被大风吹进这无边无际的空间。但这些喊声，被风裹住，日复一日地在天边的大海上扩散，总有一天会到达某一块陆地，撞在僵冻的墙壁上，久久地响起回声，并且直接传到躲在雪窟中某一个人的耳中，会让他感到快意后发出快乐的笑声。

我躺在中午两点钟的太阳下半睡半醒，这时我突然被一个巨大的声音惊醒了。只见太阳正悬在海上，于乱糟糟的天穹下，波涛正在肆虐。突然大海像是火一样燃烧起来。太阳把它长长的冰冷的光线注入我的喉咙，我身边的水手又哭又笑，他们互相爱着，但却不能互相原谅，那一天，我认出了世界本来的面目，于是我决定接受它善良的同时也接受它的罪恶，它的罪恶有益健康。也是在那一天，我明白了世界上有两种真理，而其中一种，永远也不能讲。

南半球的月亮很奇怪，其形状仿佛被刀修理过一般，它陪着我们度过了好几个夜晚。随后，便飞快地从天上跌落大海，被大海吞没了。只剩下南十字座在天上。天上星光疏淡，好像空气中有很多细孔。与此同时，风也突然刮了起来，天空在我们一动不动的桅杆顶上滚动、颠簸。马达熄了火，船帆也出了故障。我们在炎热的夜晚吹着口哨，海水轻轻地拍打船帮。没有任何命令，船上所有机器都静了下来。为什么要去追求，为什么要回去？我们都十分满足，一种沉默的爱，十分执着地使我们入睡了。于是，一切都功德圆满的那一天，正向我们走来。一切旁观就好了。正像游泳者，已然到了没有力气的境地。然而，什么已经功德圆满了？很久以来我对自己从来都避而不谈。哦，那苦涩的床，奢侈的卧榻，王冠在海的深处。

早晨，我们船上的螺旋桨，轻轻地搅动着海水，船开始启动。时近中午，来自遥远大陆的一群鱼迎面向我们游来，并且越过我们，十分有序地向北方游去，后面飞着一群五光十色的鸟，这些鸟儿时不时地还落在桅杆上休息一会儿，这一片微微作响的桅杆，慢慢地便在远方消失了。又过了一会儿，大海便被一种奇怪的黄色花朵所覆盖。临近夜幕的时候，一种隐约的歌声，在我们前方传了过来，一直持续了很久。我很坦然地入睡了。

海上的清风，将所有船帆鼓满了。我们在清澈而雄壮的海上乘风破浪。船以最快的速度向左前进。直到傍晚，我们仍然保持着快速航行。但我们的船却开始向右倾斜，竟致有的船帆都碰到水面了，原来我们的船已靠近了一个南半球的陆地。

在毫无顾忌的海风冲击下，我们的船帆似铁铸般的牢固。海岸在我们眼前飞速地改变着方位。美丽的椰子树林，其根部浸泡在翡翠色的海水中。这是一个宁静的海湾。海面上布满红色的船帆，细白的沙滩。一群高楼大厦呈现在眼前。由于就在办公区旁的空场上长着高大的原始树林，这些大楼已然被挤得出现了裂缝。在长着紫色枝桠的大树掩映下，就能见到一个窗户露在外面，我们飞快地沿着海滩行驶，海浪把海滩冲击得形成一条条麦束状，一群乌拉圭的绵羊进入海中，一时间海面就变成了褐黄色。随后我们就来到了阿根廷海岸，大堆粗大的木柴，整齐地堆放在那里。进入夜晚后，我们的船只就慢了下来。并把船头调转了方向。清晨，便见到太平洋上绿白相间的浪花，已在智利数千公里的海岸上翻腾着，并且慢慢地把我们举了起来，让我们面临着搁浅的危险。在太过于安静的夜晚，第一批马来西亚的小船向我们驶了过来。

“到海上去！到海上去。”我童年时，一本书中的孩子们这么喊，我已经记不起这本书的内容，但却记住了这些喊声，“到海上去！”通过印度洋直到那个林荫大道般长长的红海，在那里能听到这一声接一声的呼喊。在寂静的夜晚，沙漠上的石头在经过火般的炙烤之后又被冻得坚硬时，我们又来到这个原来的海洋，但却没有了这些喊声。

终于，又是一个清晨，我们便停泊在一个异常寂静的海湾，这里设置着固定的信标。只有几只海鸟在天空抢夺芦竹，我们游泳来到一个没有人的海滩上，整整一天，我们都在那里游一会儿，再到沙滩上来晒一会儿，然后再游，再晒。夜晚到来时，天空先是变成绿色，然后便变白、变暗。天穹下的大海本来就十分平静，现在更加平静了。一阵阵细浪形成一团团的浪花轻轻地爬到温暖的沙滩，海鸟不见了，只有一个宁静的空间陪伴着我们这些一动不动的游客。

有一些夜晚，一直是这么美妙温柔，是的，这对你的死去有助，有助于当你知道这种夜晚在我们之后能继续来到大地和海洋时死去。伟大的海洋，它总是不断地被划出道道伤痕，又总是处于完好的状态，也总是我夜间所追求的目标！它供我们洗浴，它那平平无奇的条纹总能让我们满足，它可以解放我们，并使我们站起来。它每一个波浪就是一个承诺，始终不改。波涛能说些什么？如果我必须死去，我身边是冰冷的大山，默默无闻，又为亲人所抛弃，而且到了异常疲惫的境地时，大海会在最后那一刻来填满我的细胞，把我扶起，帮助我无恨而终。

夜半，我一个人在海岸上。还在等待，但我即将出发了。夜空似乎也停止了运转，还有它那些星星。正如这些灯火通明的客轮，就在这个时候，全世界所有轮船上的灯火都在照耀着港口上黑暗的海面。空间和寂静犹如一副重担压在心上。一个突然到来的爱，一部伟大的作品，一个决定性的行动，一种能让人改变想法的思想，它们在某些时候，可以给人以同样难以忍受的焦虑，并且可以因一件无法抵挡的诱惑，让焦虑成倍的强烈起来。因存在而产生的焦虑是美妙的，一种我们不知道的危险的临近也是美妙的。难道生存就是向着它的结束而前进？那么，我们不要休息，继续向我们的结束前进吧。

我过去总觉得自己在远离大陆的海里生活，内心被一种美好的幸福所威胁。

# 风筝

鲁迅

北京的冬季，地上还有积雪，灰黑色的秃树枝丫叉于晴朗的天空中，而远处有一二风筝浮动，在我是一种惊异和悲哀。

故乡的风筝时节，是春二月，倘听到沙沙的风轮声，仰头便能看见一个淡墨色的蟹风筝或嫩蓝色的蜈蚣风筝。还有寂寞的瓦片风筝，没有风轮，又放得很低，伶仃地显出憔悴可怜的模样。但此时地上的杨柳已经发芽，早的山桃也多吐蕾，和孩子们的天上的点缀相照应，打成一片春日的温和。我现在在哪里呢？四面都还是严冬的肃杀，而久经诀别的故乡的久经逝去的春天，却就在这天空中荡漾了。

但我是向来不爱放风筝的，不但不爱，并且嫌恶它，因为我以为这是没出息孩子所做的玩艺。和我相反的是我的小兄弟，他那时大概十岁内外罢，多病，瘦得不堪，然而最喜欢风筝，自己买不起，我又不许放，他只得张着小嘴，呆看着空中出神，有时竟至于小半日。远处的蟹风筝突然落下来了，他惊呼；两个瓦片风筝的缠绕解开了，他高兴得跳跃。他的这些，在我看来都是笑柄，可鄙的。

有一天，我忽然想起，似乎多日不很看见他了，但记得曾见他在后园拾枯竹。我恍然大悟似的，便跑向少有人去的一间堆积杂物的小屋去，推开门，果然就在尘封的什物堆中发现了他。他向着大方凳，坐在小凳上；便很惊惶地站了起来，失了色瑟缩着。大方凳旁靠着一个蝴蝶风筝的竹骨，还没有糊上纸，凳上是一对做眼睛用的小风轮，正用红纸条装饰着，将要完工了。我在破获秘密的满足中，又很愤怒他的瞒了我的眼睛，这样苦心孤诣地来偷做没出息孩子的玩艺。我即刻伸手折断了蝴蝶的一支翅骨，又将风轮掷在地下，踏扁了。论长幼，论力气，他是都敌不过我的，我当然得到完全的胜利，于是傲然走出，留他绝望地站在小屋里。后来他怎样，我不知道，也没有留心。

然而我的惩罚终于轮到了，在我们离别得很久之后，我已经是中年。我不幸偶而看到了一本外国的讲论儿童的书，才知道游戏是儿童最正当的行为，玩具是儿童的天使。于是二十年来毫不忆及的幼小时候对于精神的虐杀的这一幕，忽地在眼前展开，而我的心也仿佛同时变了铅块，很重很重地坠下去了。

但心又不竟坠下去而至于断绝，它只是很重很重地坠着，坠着。

我也知道补过的方法的：送他风筝，赞成他放，劝他放，我和他一同放。我们嚷着，跑着，笑着——然而他其时已经和我一样，早已有了胡子了。

我也知道还有一个补过的方法的：去讨他的宽恕，等他说，

“我可是毫不怪你呵。”那么，我的心一定就轻松了，这确是一个可行的方法。有一回，我们会面的时候，是脸上都已添刻了许多“生”的辛苦的条纹，而我的心很沉重。我们渐渐谈起儿时的旧事来，我便叙述到这一节，自说少年时代的糊涂。“我可是毫不怪你呵。”我想，他要说了，我即刻便受了宽恕，我的心从此也宽松了罢。

“有过这样的事么？”他惊异地笑着说，就像旁听着别人的故事一样。他什么也记不得了。

全然忘却，毫无怨恨，又有什么宽恕可言呢？无怨的恕，说谎罢了。

我还能希求什么呢？我的心只得沉重着。

现在，故乡的春天又在这异地的空中了，既给我久经逝去的儿时的回忆，而一并也带着无可把握的悲哀。我倒不如躲到肃杀的严冬中去罢，——但是，四面又明明是严冬，正给我非常的寒威和冷气。

# 青春

塞缪尔·厄尔曼

青春易逝，不是年纪的叠加，而是一种精神的永恒；青春不是红润的脸，柔软的唇，灵活的膝盖，而是深沉的涵养，坚强的意志，炙热的感情；青春是生命的深泉在涌流。

青春犹如彩虹一样，十分勇敢，不会脆弱，十分进取，而不是苟且偷安。六十岁的老者比二十岁的年轻人往往更有这种气质，虽然年纪大了，但并不是衰老，只有没有了理想，才是真的衰老。

岁月流逝，肌肤已经布满皱纹，而热忱失去了，灵魂就会枯萎，烦恼，恐惧，会使人没有自信，并且会让人心灵扭曲，再没有勇气。

不管是六十岁，还是十六岁，每个人都应该保持童心，去找寻生命中的奇迹，你我的心中都将会有一座天线，只要不断接收人间美好的，希望的，欢乐的信号，就会永远青春不老。

但是一旦天线倒塌了，人的锐气就像是覆盖了一层冰雪，就会自暴自弃，就算你二十岁，也是老气横秋的。但是一旦将天线竖立，就是你到了八十岁，你也会永远年轻。

# 歌声

朱自清

昨晚中西音乐歌舞大会里“中西丝竹和唱”的三曲清歌，真令我神迷心醉了。

仿佛一个暮春的早晨，霏霏的毛雨默然洒在我脸上，引起润泽，轻松的感觉。新鲜的微风吹动我的衣袂，像爱人的鼻息吹着我的手一样。我立的一条白矾石的甬道上，经了那细雨，正如涂了一层薄薄的乳油；踏着只觉越发滑腻可爱了。

细雨如牛毛，扬州称为“毛雨”。

这是在花园里。群花都还做她们的清梦。那微雨偷偷洗去她们的尘垢，她们的甜软的光泽便自焕发了。在那被洗去的浮艳下，我能看到她们在有日光时所深藏着的恬静的红，冷落的紫，和苦笑的白与绿。以前锦绣般在我眼前的，现有都带了黯淡的颜色。——是愁着芳春的销歇么？是感着芳春的困倦么？

大约也因那蒙蒙的雨，园里没了秾郁的香气。涓涓的东风只吹来一缕缕饿了似的花香；

夹带着些潮湿的草丛的气息和泥土的滋味。园外田亩和沼泽里，又时时送过些新插的秧，少壮的麦，和成荫的柳树的清新的蒸气。这些虽非甜美，却能强烈地刺激我的鼻观，使我有愉快的倦怠之感。

看啊，那都是歌中所有的：我用耳，也用眼，鼻，舌，身，听着；也用心唱着。我终于被一种健康的麻痹袭取了。于是为歌所有。此后只由歌独自唱着，听着；世界上便只有歌声了。

1921年11月3日，上海

# 我因何而生

罗素

对爱情的盼望，对知识的追寻，对人类苦难无法遏制的同情，是三种支配我一生的单纯而强烈的感情。这三种感情如阵阵台风，在我漂泊的生涯中吹着，有时甚至吹过深沉痛苦的海洋，直抵绝望的边界。

我有三个原因让我坚定不移地追求爱情。第一，爱情经常带给我无限的欢乐，这种欢乐让我充满力量，我常常为了享受这种须臾的快乐，宁愿放弃生命中其他的所有。第二，爱情可以让我摆脱孤独——经历过这种孤独的人，他们的意识将会颤抖，有时候会经过世界的边缘看到冷酷荒芜的无底深渊。最后，在爱的结合中，我看到了我毕生所追求的东西，那时古今圣贤和诗人们梦想的天堂的样子。虽然他对于人类来说太过于美好，但却是我通过爱情得到的终极发现。

我追求知识时也抱以同样的感情，我渴盼去了解人类的心灵，也渴盼了解星星发光的原因，同时我也渴盼着理解毕达哥拉斯的力量。

爱情与知识的可触及的领域，总是引领我到天堂，可对人类苦难的同情却经常把我拉回现实。我的心灵经常被痛苦的呼唤激起回想，饥饿中的儿童，被压迫的折磨着的，给子女带来重担的孤苦无依的老人，以及全世界无情的孤独、贫穷和痛苦的存在，是对人类生活理想的蔑视和讽刺。我经常用自己的所有力量想去减轻这种不必存在的痛苦，但我发现我完全失败了，因此我也随之痛苦。

这就是我的一生，我发现活着是有意义的。如果有谁再给我一次生活的机会，我将欣然接受这难得的赐予。

# 北戴河海滨的幻想

徐志摩

他们都到海边去了。我为左眼发炎不曾去。我独坐在前廊，偎坐在一张安适的椅内，袒着胸怀，赤着脚，一头的散发，不时有风来撩拂。清晨的晴爽，不曾消醒我初起时睡态；但梦思却半被晓风吹断。我阖紧眼帘内视，只见一斑斑消残的颜色，一似晚霞的余赭，留恋地胶附在天边。廊前的马樱、紫荆、藤萝、青翠的叶与鲜红的花，都将他们的妙影映印在水汀上，幻出幽媚的情态无数；我的臂上与胸前，亦满缀了绿荫的斜纹。从树荫的间隙平望，正见海湾：海波亦似被晨曦唤醒，黄蓝相间的波光，在欣然的舞蹈。滩边不时见白涛涌起，迸射着雪样的水花。浴线内点点的小舟与浴客，水禽似的浮着；幼童的欢叫，与水波拍岸声，与潜涛呜咽声，相间的起伏，竞报一滩的生趣与乐意。但我独坐的廊前，却只是静静的，静静的无甚声响。妩媚的马樱，只是幽幽的微辗着，蝇虫也敛翅不飞。只有远近树里的秋蝉，在纺妙似的垂引他们不尽的长吟。

在这不尽的长吟中，我独坐在冥想。难得是寂寞的环境，难得是静定的意境；寂寞中有不可言传的和谐，静默中有无限的创造。我的心灵，比如海滨，生平初度的怒潮，已经渐次的消翳，只剩有疏松的海砂中偶尔的回响，更有残缺的贝壳，反映星月的辉芒。此时摸索潮余的斑痕，追想当时汹涌的情景，是梦或是真，再亦不须辨问，只此眉梢的轻皱，唇边的微哂，已足解释无穷奥绪，深深的蕴伏在灵魂的微纤之中。

青年永远趋向反叛，爱好冒险；永远如初度航海者，幻想黄金机缘于浩渺的烟波之外：想割断系岸的缆绳，扯起风帆，欣欣的投入无垠的怀抱。他厌恶的是平安，自喜的是放纵与豪迈。无颜色的生涯，是他目中的荆棘；绝海与凶巘，是他爱取自由的途径。他爱折玫瑰；为她的色香，亦为她冷酷的刺毒。他爱搏狂澜：为他的庄严与伟大，亦为他吞噬一切的天才，最是激发他探险与好奇的动机。他崇拜冲动：不可测，不可节，不可预逆，起，动，消歇皆在无形中，狂飚似的倏忽与猛烈与神秘。他崇拜斗争：从斗争中求剧烈的生命之意义，从斗争中求绝对的实在，在血染的战阵中，呼叫胜利之狂欢或歌败丧的哀曲。

幻象消灭是人生里命定的悲剧；青年的幻灭，更是悲剧中的悲剧，夜一般的沉黑，死一般的凶恶。纯粹的，猖狂的热情之火，不同阿拉伯的神灯，只能放射一时的异彩，不能永久的朗照；转瞬间，或许，便已敛熄了最后的焰舌，只留存有限的余烬与残灰，在未灭的余温里自伤与自慰。

流水之光，星之光，露珠之光，电之光，在青年的妙目中闪耀，我们不能不惊讶造化者艺术之神奇，然可怖的黑影，倦与衰与饱餍的黑影，同时亦紧紧地跟着时日进行，仿佛是烦恼、痛苦、失败，或庸俗的尾曳，亦在转瞬间，彗星似的扫灭了我们最自傲的神辉——流水涸，明星没，露珠散灭，电闪不再！

在这艳丽的日辉中，只见愉悦与欢舞与生趣，希望，闪烁的希望，在荡漾，在无穷的碧空中，在绿叶的光泽里，在虫鸟的歌吟中，在青草的摇曳中——夏之荣华，春之成功。春光与希望，是长驻的；自然与人生，是调谐的。

在远处有福的山谷内，莲馨花在坡前微笑，稚羊在乱石间跳跃，牧童们，有的吹着芦笛，有的平卧在草地上，仰看交幻的浮游的白云，放射下的青影在初黄的稻田中缥缈地移过。在远处安乐的村中，有妙龄的村姑，在流涧边照映她自制的春裙；口衔烟斗的农夫三四，在预度秋收的丰盈，老妇人们坐在家门外阳光中取暖，她们的周围有不少的儿童，手擎着黄白的钱花在环舞与欢呼。

在远——远处的人间，有无限的平安与快乐，无限的春光……

在此暂时可以忘却无数的落蕊与残红；亦可以忘却花荫中掉下的枯叶，私语地预告三秋的情意；亦可以忘却苦恼的僵瘪的人间，阳光与雨露的殷勤，不能再恢复他们腮颊上生命的微笑，亦可以忘却纷争的互杀的人间，阳光与雨露的仁慈，不能感化他们凶恶的兽性；亦可以忘却庸俗的卑琐的人间，行云与朝露的丰姿，不能引逗他们刹那间的凝视；亦可以忘却自觉的失望的人间，绚烂的春时与媚草，只能反激他们悲伤的意绪。

我亦可以暂时忘却我自身的种种；忘却我童年期清风白水

似的天真；忘却我少年期种种虚荣的希冀；忘却我渐次的生命的觉悟；忘却我热烈的理想的寻求；忘却我心灵中乐观与悲观的斗争；忘却我攀登文艺高峰的艰辛；忘却刹那的启示与彻悟之神奇；忘却我生命潮流之骤转；忘却我陷落在危险的旋涡中之幸与不幸；忘却我追忆不完全的梦境；忘却我大海底里埋首的秘密；忘却曾经刳割我灵魂的利刃，炮烙我灵魂的烈焰，摧毁我灵魂的狂风与暴雨；忘却我的深刻的怨与艾；忘却我的冀与愿；忘却我的恩泽与惠感；忘却我的过去与现在……

过去的实在，渐渐地膨胀，渐渐地模糊，渐渐地不可辨认；现在的实在，渐渐地收缩，逼成了意识的一线，细极狭极的一线，又裂成了无数不相连续的黑点……黑点亦渐次的隐翳？幻术似的灭了，灭了，一个可怕的黑暗的空虚……

# 轻柔的呼吸

布宁

一个新的橡木十字架安静地立在一座新坟上，它坚固，沉重却又光滑。四月，天色晦暗。目光越过荒凉的树木，远远地就可以看见这广阔的外县公墓上的一块块墓碑。寒风将十字架脚下的瓷制花环吹得铮铮作响。

十字架中央嵌着一个凸出的足够大的圆形瓷相框，里面有一张照片，是个中学女生，她有一双快乐的，十分灵动的眼睛。

她是奥莉娅·梅谢尔斯卡娅。

她在一群穿褐色中学生制服的小女孩中间并不突出。她只不过是这些幸福、善良、富足的小女孩中的一个，有天赋，但淘气，根本不把班主任的训诫放在心上。除此之外，关于她还有什么可说的呢？她不是一天一天地，而是按小时成熟起来的。到了十四岁，她不仅有了纤腰和秀脚，而且有了轮廓动人的胸脯和那无法言出的动人体态。到了十五岁，她已经被公认为美人了。她的一些女伴是多么在意梳妆，洁身自好，一举一动都十分谨慎小心！她呢，什么都不怕——不怕墨水弄脏手指，不怕满脸通红，不怕披头散发，也不怕在奔跑中跌一跤露出膝盖来。她不经意不费力地，仿佛在不知不觉间就拥有了使她最后两年在全校如此引人注目的一切：绰约的风姿，华丽的穿着，灵活的举动，明亮的眼睛……跳舞的时候没有一个人跳得过她，滑冰的时候没有一个人跑得过她，没人比她更能在舞会上吸引人。不知为什么，也没有一个人像她那样受到低年级同学的喜爱。她在不知不觉间成了一位少女，她在学校里的声誉也在不知不觉间树立起来。已经有人说她轻浮，没有拜倒在她脚下的男人就不能生活；还说男生申辛疯狂地爱上了她，而她似乎也爱申辛，不过对申辛的态度反复无常，弄得申辛直要寻短见……

听她的同学说，奥莉娅·梅谢尔斯卡娅最后一个冬季简直玩疯了。那是个多雪而晴朗的严冬，太阳很早地就落到白雪皑皑的校园中一株高大的云杉后面去了，它总是那么明亮，耀眼，预示第二天也是个寒冷的晴天，可以在大教堂街上散步，或者到市立公园的冰场去滑冰，还有玫瑰色的黄昏，音乐，以及在冰场上滑来滑去的人，其中奥莉娅·梅谢尔斯卡娅看来是最快乐，最幸福的一个。然而有一天，大课间休息的时候，她正在大礼堂里飞快地奔跑着，后面跟着一群快乐得尖叫的一年级小女孩，她却突然被叫到校长那里去了。她在飞跑中猛地站住，只深深地喘了一口气，用女性惯有的动作迅速理好头发，拉一拉肩上的围裙带子，目光有神地跑上楼去。看上去虽然年轻 但头发已经花白的校长拿着毛线活儿静静地坐在写字台前，她背后那面墙上挂着沙皇的肖像。

“您好，梅谢尔斯卡娅小姐。”校长用法语说，眼睛仍旧盯着毛线活儿。“很遗憾，我不得不一再叫您到这儿来，好跟您谈谈您的品行。”

“我听着呢，夫人。”梅谢尔斯卡娅说着向写字台前走去，泰然自若，神情活泼，但是却没有任何表情地看着校长，行了一个屈膝礼，姿态是那么优雅，只有她一个人做得到。

“您不会好好听我说，很遗憾，我相信您不会。”校长说着扯了扯毛线，牵动了油漆地板上的线团，梅谢尔斯卡娅好奇地看了线团一眼。接着校长抬起眼睛又说：“我不想重复说过的话，也不想发表长篇大论。”

梅谢尔斯卡娅很喜欢这间没有一点尘埃的大办公室，天冷的时候，光亮的荷兰式瓷砖炉烤得房间里暖烘烘的，写字台上的铃兰花发出阵阵香气。她看看站在一间豪华的厅堂中央的年轻沙皇的全身像，又看看校长那一头从当中分开，并且压出整齐的波纹的白发，沉默地等待着。

“您已经不是个小姑娘了。”校长意味深长地说，心里逐渐生起气来。

“是的，夫人。”梅谢尔斯卡娅随口答应，几乎是高高兴兴地回答说。

“但也不是少妇。”校长更加意味深长地说，她那没有血色的脸上微微泛起红晕。“首先，这是什么发型？这是少妇的发型！”

“夫人，我的头发长得好，但这不是我的过错。”梅谢尔斯卡娅说着用手轻轻地摸了摸她那梳得很漂亮的头发。

“哦，这不是您的错！”校长说，“梳这种发型不是您的过错，插这些贵重的梳子不是您的过错，挥霍父母的钱去买二十卢布一双的鞋子也不是您的过错！可是我再对您说一遍，您完全忘记了一点：您现在不过是个中学生……”这时候，梅谢尔斯卡娅忽然很有礼貌地打断了校长的话，语调仍旧那么自然平静：

“请原谅，夫人，您错了，我是少妇。您知道这是谁的过错吗？是我爸爸的朋友和邻居，您的兄弟阿列克谢·米哈伊洛维奇·马柳京的过错。事情发生在去年夏天，在乡下……”

这次谈话后一个月过去了，在火车站月台上一大群刚下火车的人当中，一位哥萨克军官开枪打死了奥莉娅·梅谢尔斯卡娅。这位军官样貌平凡，甚至土得掉渣，跟她生活圈子里的人没有任何相同的地方。她那一番使校长听了难以相信、无比震惊的自白完全得到了证实：军官对法院的检察官说，梅谢尔斯卡娅被打死那天本是上车站来给他送行（他要去诺沃切尔卡斯克），忽然她说她从来没打算爱他，所有那些关于结婚的话不过是开玩笑罢了，接着就给他看了一则日记，上面写到马柳京。

军官说：“我匆匆看完这几行字，就在月台上（她在那儿来回走动等我把日记看完）开枪打死了她。请看去年七月十日她写了些什么。”

那则日记如下：

“现在是夜里一点。我刚睡去，旋即又醒来……今天我成少妇啦！爸爸、妈妈和托利亚都进城去了，我一个人在这儿。我觉得多么幸福！早晨我在院子里和郊野散步，也到树林里去了，整个世界上仿佛只有我一个人，脑海里出现了从来没有过的美好想象。我一个人吃了午饭，又弹了一个小时的钢琴。音乐让我觉得我将会永远活着，并且比任何人都幸福。后来我在爸爸的书房里睡着了。四点钟卡佳把我叫醒，说阿列克谢·米哈伊维奇来了。我开心至极，我是那么乐意招待他，陪他玩儿。他赶着两匹十分好看的维亚特种马来，这两匹马一直站在台阶旁边。他留下来是避雨的，等路干了再走。没见到爸爸，他表示遗憾。他兴高采烈，在我面前像个年轻的情人，讲了许多笑话，说他早就爱上我了。午茶前，当我们在花园里散步时，天气晴朗了起来。虽然降温了，阳光却耀眼地照着整个湿淋淋的园子。他挽着我的手，说是他和玛格丽特在一起的浮士德。他五十六岁了，然而十分英俊，穿着漂亮（我只不喜欢他披着斗蓬来），身上散发着英国香水的气味。他的眼睛是黑色的，很年轻，可是那一把大胡子却是银白色的，优雅地向两边分开，长长地垂着。我们坐在有玻璃窗的外廊上喝茶，我一时觉得有些不舒服，就在沙发榻上躺下来。他先是在抽烟，后来挨着我坐下来，又说了许多赞美我的话，接着就端详我的手，吻我的手。我拿一块丝巾盖在脸上，他隔着丝巾吻了我的嘴唇几次……我不明白，为什么会发生这样的事情，我几乎快疯了，我从来没有想到我会是这样的人！现在我只有一条出路……我对他的反感是如此强烈，我不能承受了……”

四月的天气里，城市显得洁净和干燥。石板路又白了，走在上面使人觉得十分轻松快乐。每到星期日，午前祈祷结束后，在通向城外的大教堂街上总会出现一个穿丧服，戴一副黑色细羊皮手套，拿一把乌木伞的瘦弱矮小的女子。她沿着公路走过一个有许多被煤烟熏黑的铁匠铺并且有野风缓缓吹来的肮脏的广场，往下，在男修道院墙脚边的水洼，向左转，就可以看到一个大园子，里面种着矮小的植物，周围是一圈白色的围墙，大门上端画了一幅圣母升天图。那瘦小的女子不断地画着十字，十分熟练地沿着主要的甬道走去。她走到那橡木十字架对面的长椅跟前，就在冷风和春天的寒气中坐下来，坐上一两个小时，直到她那双穿着单薄皮鞋的脚和戴细羊皮手套的手完全冻僵才离开。春天的鸟儿叮铃鸣唱，冷风吹得瓷制花环铮铮作响。她听着，有时候就想，只要能够去掉眼前这个没有生命的花环，她愿意用余生来换。这花环，这坟冢，这橡木十字架！下面难道就是她，用一双永远有着生命之光的眼睛从十字架上那个凸出的圆形瓷相框里向外看的她？怎么让如今与奥莉娅·梅谢尔斯卡娅的名字连在一起的那可怕事件跟这纯洁的目光吻合呢？然而这个瘦小的女子在内心深处是幸福的，像一切沉迷于某种狂想的人一样。

这个女子是奥莉娅·梅谢尔斯卡娅的班主任，已经很老了，还是处女。她早就靠一种代替了现实生活的空想生活着。开始，这空想围绕着她的哥哥，一个贫穷的，默默无闻的陆军准尉。她把自己的整个心灵跟哥哥以及哥哥的前程（不知为什么在她看来是光辉灿烂的）结合在一起。她哥哥在沈阳附近战死以后，她就用她是一个有思想的劳动妇女的信念来开导自己。奥莉娅·梅谢尔斯卡娅的死使她沉浸于一个新的幻想。现在奥莉娅·梅谢尔斯卡娅时刻缠着她的灵魂。每逢节日她必定来上坟，一连几小时目不转睛地看着那个橡木十字架，回忆棺材里面那张有许多花卉围绕着的苍白小脸，回忆有一天无意中听到的话。那天大课间休息的时候，奥莉娅·梅谢尔斯卡娅和她的好朋友，又胖又高的苏博京娜，在校园里一边散步一边像放连珠炮似的说：

“我爸爸有一本书（他有好多可笑的古书），里面讲到一个女人应该有什么样的美……讲了那么多，你理解吗？没法全部记住。当然啦，要有仿佛是沸腾的煤焦油的黑眼睛（我发誓真的是这样说的：沸腾的煤焦油！），犹如夜色一样的眼睫毛，淡淡的红晕，苗条的身段，比一般尽寸稍长的手（你明白吗，比一般尺寸稍长！），小巧的脚，大得适度的胸脯，浑圆的小腿肚，贝壳色的膝盖，圆圆的肩膀——好多都快让我背下来了。说得真对！你知道主要的是什么吗？是轻柔的呼吸！我就是这样，你听听我怎么呼吸——对吗？”

如今这轻柔的呼吸重又弥散在人世间，弥散在浮着白云的天空里，弥散在春天的冷风中了。

# 爱是一棵月亮树

玛丽·格丽娜

1

自从与你相遇，亲爱的，我便深沉地爱着你，不知道是何原因，有一种声音，它似乎从高处落下。我仰头，月亮是那么洁白，一棵树在悄悄地刻画阴影。

2

我的心灵，无数的绿叶已经将它塞满，看到你，我想把它们编成漂亮的叶环。如果有一天，你从月亮树走出来，这叶环会环绕你，我红红的唇是绿叶中羞涩开放的红梅 。

3

你的目光似乎一直那么冷峻，我不敢仰望月亮，月亮树犹如魔鬼，你轻轻一跳，像只骄傲的雄鸟，而我的双眼只有悲哀，泪水犹如月华。你可以伸展你的肢体，将月光撕碎。我这颗年轻的心失去了平衡，站在月亮树下，想着爱情的孤独，早升的黄昏星消失了，天上的霞霭在四处飞散，我的心却没有归宿。

4

亲爱的，月亮树成熟结果了吗？在欧罗巴，听说月光下的果子是酸涩的。梦中的月亮树永远结不出果子。七叶树上荡秋千该是多么美妙啊，整个夏天的傍晚都像波浪在摇晃。

5

我柔嫩的小手对你张开，犹如莲花蓓蕾初绽。在走到你身旁之前，我是一棵无忧树。但是现在我的心因为月亮树建造起了一座宫殿，为了你，我把一些对我没有作用的东西都编成月亮树的模样，我的世界里没有你，我的世界到处是你。

6

你又说，爱情是一棵月亮树，这一次我开始哭泣。

黑夜，蟋蟀在树林里鸣叫、那曾经璀璨过的微笑、那曾经闪烁过的泪水、那曾经绚烂的紫丁香，在你和月亮树面前，都变成一片白色的死亡。

7

那么，亲爱的，就让我就此死去！这个世界人们匆匆而过，他们都能四处游荡，他们的脚上散发着草的清香，他们的脸庞，闪烁着喜悦的光芒。他们从哪里来，又要到哪里去，这些对我已经没有任何意义了。

月亮树没有坍塌，我的悲伤却没有边际。

8

在菩提树下，约翰弹着六弦琴，多少个黄昏日落，多少个朝阳初升的早晨，他弹着同一支曲子，我曾经迷恋地听着它，但我又不能靠近，因为，我早已把自己交给了你。

你能使人世间一切妩媚动人的姑娘，摒弃虚假的骄傲，拜倒在你的脚下。

9

爱，是一棵月亮树，一棵月亮树，亲爱的。

虽然它不结果子，纵然结出的果子也是酸涩的。但我愿意，亲爱的，我愿意是遮住月亮树的一朵悲伤的云。

# 春雨

梁遇春

整天的春雨，接着是整天的春阴，这真是世上最愉快的事情了。可是阴霾四布或者急雨滂沱的时候，就是最沾沾自喜的财主也会感到苦闷，因此也略带了一些人的气味，不像好天气时候那样望着阳光，盛气凌人地大踏步走着，颇有上帝在上，我得其所的意思。至于懂得人世哀怨的人们，黯淡的日子可说是他们唯一光荣的时光。苍穹替他们流泪，乌云替他们皱眉，他们觉到四围都是同情的空气。斗室中默坐着，想起一身经历的苦楚，倾听窗外檐前凄清的滴沥，仰观波涛浪涌，似无止期的雨云，这时一切的荆棘都化做洁净的白莲花了。“最难风雨故人来”，阴森森的天气使我们更感到人世温情的可爱，替从苦雨凄风中来的朋友倒上一杯热茶时候，我们很有放下屠刀，立地成佛的心境。“山雨欲来风满楼”，这很可以象征我们孑立人间，尝尽辛酸，远望来日大难的气概，真好像思乡的客子拍着阑干，看到郭外的牛羊，想起故里的田园，泪眼里仿佛模糊辨出龙钟的父老蹒跚走着，或者只瞧见

几根靠在破壁上的拐杖的影子。所谓生活术恐怕就在于怎么样当这么一个临风的征人罢。无论是风雨横来，无论是澄江一练，始终好像惦记着一个花一般的家乡，那可说就是生平理想的结晶，蕴在心头的诗情；可是同时还能够认清眼底的江山，把住自己的步骤，不管这个异地的人们是多么残酷，不管这个他乡的水土是多么不惯，却能够清瘦地站着，戛戛然好似狂风中的老树。能够忍受，却没有麻木，能够多情，却不流于感伤，仿佛楼前的春雨，悄悄下着，遮住耀目的阳光，却滋润了百草同千花。

可是春雨有时也凶猛得可以，风驰电掣，从高山倾泻下来也似的，万紫千红，都付诸流水，看起来好像是煞风景的，也许是别有怀抱罢。生平性急，一二知交常常焦急万分地苦口劝我，可是暗室扪心，自信绝不是追逐事功的人，不过对于纷纷扰扰的劳生却常感到厌倦，所谓性急无非是疲累的反响罢。有时我却极有耐心，好像废殿上的玻璃瓦，一任他风吹雨打，霜蚀日晒，总是那样子痴痴地望着空旷的青天。我虽然不会跳出人海的波澜，但是拳拳之意自己也略知一二，大概摆动于焦躁与倦怠之间，总以无可奈何天为中心罢。所以我虽然爱蒙蒙茸茸的细雨，我也爱大刀阔斧的急雨，纷至沓来，洗去阳光，同时也洗去云雾，使我们想起也许此后永无风恬日美的光阴了，也许老是一阵一阵的暴雨，将人世哀乐的踪迹都漂到大海里去，白浪一翻，什么渣滓也看不出了。

可是最妙的境界恐怕是尺牍里面那句烂调，所谓“春雨缠绵”罢。一连下了十几天的梅雨，好像再也不会晴了，可是时时刻刻都有晴朗的可能。有时天上现出一大片的澄蓝，雨脚也慢慢收束了，忽然间又重新点滴凄清起来，那种捉摸不到，万分别扭的神情真可以做这个哑谜一般的人生的象征。记得十几年前每当连朝春雨的时候，常常剪纸做和尚形状，把他倒贴在水缸旁边，意思是叫老天不要再下雨了，虽然看到院子里雨脚下一粒一粒新生的水泡我总觉到无限的欣欢。可是那时我对于春雨的情趣是不知不觉之间领略到的，并没有凝神去寻找，等到知道怎么样去欣赏恬适的雨声时候，我却老在干燥的此地做客，单是夏天回去，看看无聊的骤雨，过一过雨瘾罢了。因此“小楼一夜听春雨”的快乐当面错过，从我指尖上滑走了。但是我始终喜欢冥想春雨，也许因为我对于自己的愁绪很有顾惜爱抚的意思；我常常把陶诗改过来，向自己说道：“衣沾不足惜，但愿恨无违。”我会爱凝恨也似的缠绵春雨，大概也因为自己有这种的心境罢。

# 孤独的树

埃林彼林

一阵暴虐的狂风将两颗种子从遥远的树林里刮来，随意将它们播种在田野里。雨水给它们湿润，泥土将它们埋藏，阳光给它们温暖。于是，它们在田野里长成了两棵树。

起初，它们异常矮小，然而无意的时间把它们高高地拉离地面。它们的目光便比以前看得更远。

它们也能看见彼此了。

田野异常广阔，直到那绿油油的平原尽头，也看不到任何别的树木，只有这两株远远分隔着的树，形影不离地伫立在田野中间。它们的枝桠交织在一起，犹如是些用来丈量这旷野的奇怪的标尺。

它们远远相对，彼此相思，彼此倾慕。但是，当春天来临，生命的力量赐予它们温暖，满溢的液汁在它们体内流动起来时，它们心中也勾起了对那永远存在的，同时也是永远离开了的母林的思念。

它们会心地摆动着枝桠，默然对地彼此打着手势。当一只小鸟像一种心念从这棵树飞到那棵树的时候，他们就高兴的颤抖了起来。

暴风雨来临时，它们惊恐地左右摇摆，折断了树枝，呻吟痛苦，仿佛想挣脱地面，双方飞奔到一起，紧紧依靠，并在彼此的怀抱里获得解救。

晚上来临时，它们在黑暗里消逝，重新被分开。它们痛苦得如同生了病，它们祈求地仰望天空，期望快快给它们送来白昼的光芒，以求再次能见到彼此。

如果猎人和劳作的人坐在它们中的一个树影下休息，另一个就忧伤地喃喃低语，沉痛地诉说孤独的生活多么苦恼，没有亲人的日子过得多么沉痛缓慢，没有价值；它们的理想因不能被理解而消失；它们的希望因不能实现而破灭；找不到安慰的爱情多么强烈，没有亲情的处境多么难以忍受。

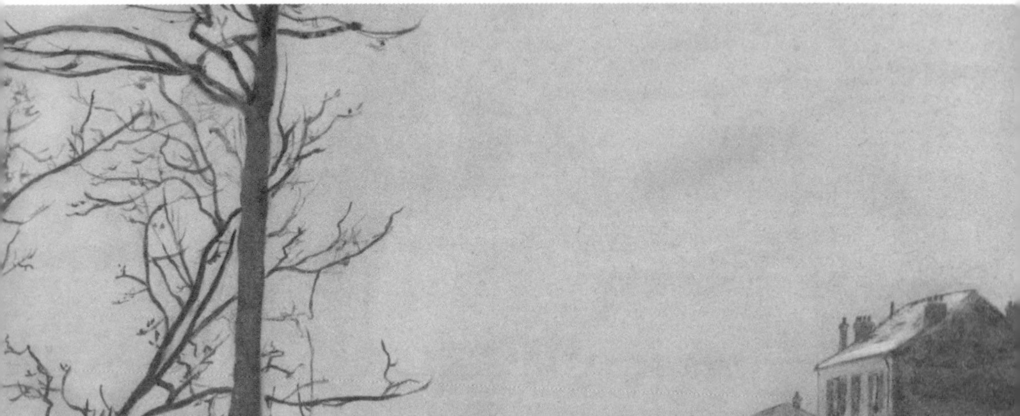

# 爱

智利巴勃鲁·聂鲁达

因你，当我站在花朵初绽的花园边时，春天让我痛苦。

我已忘记你的容颜，也忘记了你的纤手，更忘记了你的唇如何亲吻。

因你，我爱上了睡卧在公园里的白色雕像，那些白色雕像总是静默，两眼什么都看不到。

我已忘记你的声音——你欢悦的声音；我已忘记你的眼眸。

仿佛鲜花离不开芳香，我割不断对你的朦胧记忆。我就仿佛是一处一直在疼痛的伤口，一旦你触碰，立刻会让我受到很大伤害。你的无限温柔缠绕着我，仿佛青藤攀附着阴郁的大墙。

我已忘记了你的爱，可我却从每一个窗口里朦朦胧胧地看到你。

因你，夏季闷热的气息教我痛苦。因你，我又去注意燃起欲望的种种标志，去窥探流星，去窥探所有坠落的事物。

# 扬州旧梦寄语堂

郁达夫

语堂兄：

乱掷黄金买阿娇，穷来吴市再吹箫。
箫声远渡江淮去，吹到扬州廿四桥。

这是我在六七年前——记得是1928年的秋天，写那篇《感伤的行旅》时瞎唱出来的歪诗；那时候的计划，本想从上海出发，先在苏州下车，然后去无锡，游太湖，过常州，达镇江，渡瓜步，再上扬州去的。但一则因为苏州在戒严，再则因在太湖边上受了一点虚惊，故而中途变计，当离无锡的那一天晚上，就直到了扬州城里。旅途不带诗韵，所以这一首打油诗的韵脚，是姜白石的那一首“小红唱曲我吹箫”的老调，系凭着了车窗，看看斜阳衰草、残柳芦苇，哼出来的莫名其妙的山歌。

我去扬州，这时候还是第一次；梦想着扬州的两字，在声调上，在历史的意义上，真是如何地艳丽，如何地够使人魂销而魄荡！

竹西歌吹，应是玉树后庭花的遗音；萤苑迷楼，当更是临春结绮等沉檀香阁的进一步的建筑。此外的锦帆十里，殿脚三千，后土祠琼花万朵，玉钩斜青冢双行，计算起来，扬州的古迹、名区，以及山水佳丽的地方，总要有三年零六个月才逛得遍。唐宋文人的倾倒于扬州，想来一定是有一种特别见解的；小杜的“青山隐隐水迢迢”，与“十年一觉扬州梦”，还不过是略带感伤的诗句而已，至如“君王忍把平陈业，只换雷塘数亩田”，“人生只合扬州死，禅智山光好墓田”，那简直是说扬州可以使你的国亡，可以使你的身死，而也决无后悔的样子了，这还了得！

在我梦想中的扬州，实在太不诗意，太富于六朝的金粉气了，所以那一次从无锡上车之后，就是到了我所最爱的北固山下，亦没有心思停留半刻，便匆匆的渡过了江去。

长江北岸，是有一条公共汽车路筑在那里的；一落渡船，就可以向北直驶，直达到扬州南门的福运门边。再过一条城河，便进扬州城了，就是一千四五百年以来，为我们历代的诗人骚客所赞叹不置的扬州城，也就是你家黛玉他爸爸，在此撇下了孤儿升天成佛去的扬州城！

但我在到扬州的一路上，所见的风景，都平坦萧杀，没有一点令人可以留恋的地方，因而想起了晁无咎的《赴广陵道中》的诗句：

醉卧符离太守亭，别都弦管记曾称。

淮山杨柳春千里，尚有多情忆小胜。

（小胜，劝酒女鬟也。）

急鼓冬冬下泗州，却瞻金塔在中流。

幌开朝日初生处，船转春山欲尽头。

杨柳青青欲哺乌，一春风雨暗隋渠。

落帆未觉扬州远，已喜淮阴见白鱼。

才晓得他自安徽北部下泗州，经符离（现在的宿县）由水道而去的，所以得见到许多景致，至少至少，也可以看到两岸的垂杨和江中的浮屠鱼类。而我去的一路呢，却只见了些道路树的洋槐，和秋收已过的沙田万顷，别的风趣，简直没有。连绿杨城郭是扬州的本地风光，就是自隋朝以来的堤柳，也看见得很少。

到了福运门外，一见了那一座新修的城楼，以及写在那洋灰壁上的三个福运门的红字，更觉得兴趣索然了；在这一种城门之内的亭台园囿，或楚馆秦楼，哪里会有诗意呢？

进了城去，果然只见到些狭窄的街道，和低矮的市廛，在一家新开的绿杨大旅社里住定之后，我的扬州好梦，已经醒了一半了。入睡之前，我原也去逛了一下街市，但是灯烛辉煌，歌喉婉转的太平景象，竟一点儿也没有。“扬州的好处，或者是在风景，明天去逛瘦西湖，平山堂，大约总特别的会使我满足，今天且好好儿的睡它一晚，先养养我的脚力吧！”这是我自己替自己解闷的想头，一半也是真心诚意，想驱逐去宿娼的邪念的一道符咒。

第二天一早起来，先坐了黄包车出天宁门去游平山堂。天宁门外的天宁寺，天宁寺后的重宁寺，建筑的确伟大，庙貌也十分的壮丽；可是不知为了什么，寺里不见一个和尚，极好的黄松材料，都断的断，拆的拆了，像许久不经修理的样子。时间正是暮秋，那一天的天气又是阴天，我身到了这大伽蓝里，四面不见人影，仰头向御碑佛以及屋顶一看，满身出了一身冷汗，毛发都倒竖起来了，这一种阴戚戚的冷气，叫我用什么文字来形容呢?

回想起二百年前，高宗南幸，自天宁门到蜀冈，七八里路，尽用白石铺成，上面雕栏曲槛，有一道像颐和园昆明湖上的似的长廊通道，直达至平山堂下，黄旗紫盖，翠辇金轮，妃嫔成队，侍从如云的盛况，和现在的这一条黄沙曲路，只见衰草牛羊的萧条野景来一比，实在是差得太远了。当然颓井废垣，也有一种令人发思古之幽情的美感，所以鲍明远会作出那篇《芜城赋》来；但我去的时候的扬州北郭，实在太荒凉了，荒凉得连感慨都叫人抒发不出。

到了平山堂东面的功得山观音寺里，吃了一碗清茶，和寺僧谈起这些景象，才晓得这几年来，兵去则匪至，匪去则兵来，住的都是城外的寺院。寺的坍败，原是应该，和尚的逃散，也是不得已的。就是蜀冈的一带，三峰十余个名刹，现在有人住的，只剩下了这一个观音寺了，连正中峰有平山堂在的法净寺里，此刻也没有了住持的人。

平山堂一带的建筑，点缀，园囿，都还留着有一个旧日的轮廓；像平远楼的三层高阁，依然还在，可是门窗却没有了，西园的池水以及第五泉的泉路，都还看得出来，但水却干涸了，从前的树木，花草，假山，叠石，并其他的精舍亭园，现在只剩下许多痕迹，有的简直连遗址都无寻处。

我在平山堂上，瞻仰了一番欧阳公的石刻像后，只能屁也不放一个，悄悄地又回到了城里。午后想坐船了，去逛的是瘦西湖小金山五亭桥的一角。

在这一角清淡的小天地里，我却看到了扬州的好处。因为地近城区，所以荒废也并不十分厉害；小金山这面的临水之处，并且还有一位军阀的别墅（徐园）建筑在那里，结构尚新，大约总还是近年来的新筑。从这一块地方，看向五亭桥法海塔去的一面风景，真是典丽鹬皇，完全像北平中南海的气象。至于近旁的寺院之类，却又因为年久失修，谈不上了。

瘦西湖的好处，全在水树的交映，与游程的曲折；秋柳影下，有红蓼青萍，散浮在水面，扁舟擦过，还听得见水草的鸣声，似在暗泣。而几个弯儿一绕，水面阔了，猛然间闯入眼来的，就是那一座有五个整齐金碧的亭子排立着的白石平桥，比金鳌玉东，虽则短些，可是东方建筑的古典趣味，却完全荟萃在这一座桥，这五个亭上。

还有船娘的姿势，也很优美；用以撑船的，是一根竹竿，使劲一撑，竹竿一弯，同时身体靠上去着力，臂部腰部的曲线，和竹竿的线条，配合得异常匀称，异常复杂。若当暮雨潇潇的春日，雇一个容颜姣好的船娘，携酒与茶，来瘦西湖上回游半日，倒也是一种赏心的乐事。

船回到了天宁门外的码头，我对那位船娘，却也有点儿依依难舍的神情，所以就出了一个题目，要她在岸上再陪我一程。我问她："这近边还有好顽的地方没有？"她说："还有史公祠。"于是说由她带路，抄过了天宁门，向东走到了梅花岭下。瓦屋数间，荒坟一座，有的人还说坟里面葬着的只是史阁部的衣冠，看也原没有什么好看；但是一部《廿四史》掉尾的这一位大忠臣的战绩，是读过明史的人，无不为之泪下的；况且经过《桃花扇》作者的一描，更觉得史化的忠肝义胆，活跃在纸上了；我在祠墓的中间立着想着；穿来穿去地走着；竟耽搁了那一位船娘不可少的时间。本来是阴沉短促的晚秋天，到此竟垂欲暮了，更向东踏上了梅花岭了斜坡，我的唱山歌的老病又发作了，就顺口唱出了这么的二十八字：

三百年来土一丘，史公遗爱满扬州；
二分明月千行泪，并作梅花岭下秋。

写到这里，本来是可以搁笔了，以一首诗起，更以一首诗终，岂不很合鸳鸯蝴蝶的体裁么，但我还想加上一个总结，以醒醒你的骑鹤上扬州的迷梦。

总之，自大业初开邗沟入江渠以来，这扬州一郡，就成了中国南北交通的要道；自唐历宋，直到清朝，商业集中于此，冠盖也云屯在这里。既有了有产及有势的阶级，则依附这阶级而生存的奴隶阶级，自然也不得不产生。贫民的儿女，就被他们迫作婢妾，于是乎就有了杜牧之的青楼薄幸之名。所谓“春风十里扬州路”者，盖指此。有了有钱的老爷；和美貌的名娼，则饮食起居（园亭），衣饰犬马，名歌艳曲，才士雅人（帮闲食客），自然不得不随之而俱兴所以要腰缠十万贯，才能逛扬州者，以此。但是铁路开后，扬州就一落千丈，萧条到了极点。从前的运使、河督之类，现在也已经驻上了别处；殷实商户，巨富乡绅，自然也分迁到了上海或天津等洋大人的保护之区，故而目下的扬州只剩了一个历史上的剥制的虚壳，内容便什么也没有了。

扬州之美，美在各种的名字，如绿杨村，廿四桥，杏花村舍，邗上农桑，尺五楼，一粟庵等；可是你若辛辛苦苦，寻到了这些最风雅也没有的名称的地方，也许只有一条断石，或半间泥房，或者简直连一条断石，半间泥房都没有的。张陶庵有一册书，叫作《西湖梦寻》，是说往日的西湖如何可爱，现在却不对了，可是你若到扬州去寻梦，那恐怕要比现在的西湖还更不如。

你既不敢游杭，我劝你也不必游扬，还是在上海梦里想象想象欧阳公的平山堂，王阮亭的红桥，《桃花扇》里的史阁部，《红楼梦》里的林如海，以及盐商的别墅，乡宦的妖姬，倒来得好些。枕上的卢生，若长不醒，岂非快事。一遇现实，那里还有Dichtung呢！

1935年5月

# 附录

| 原标题 | 修改后标题 | 作者 |
| --- | --- | --- |
| （大海就在眼前） | 眼前就是大海 | 阿尔贝·加缪 |
| （纽约的雨） | 纽约的雨 | 阿尔贝·加缪 |
| （为了这春天） | 为了这个春天 | 罗曼·罗兰 |
| （青春） | 青春 | 塞缪尔·厄尔曼 |
| （我为何而生） | 我因何而生 | 罗素 |
| （轻轻的呼吸） | 轻柔的呼吸 | 布宁 |
| （樱花树下） | 在樱花树下 | 梶井基次郎 |
| （四时的情趣） | 四季的情趣 | 清少纳言 |
| （湖） | 湖 | 罗伯特·瓦尔泽 |
| （大雁） | 大雁 | 小川未明 |
| （爱是一棵月亮树） | 爱是一棵月亮树 | 玛丽·格丽娜 |
| （夏日芳草） | 夏天的芳草 | 理查德·杰弗理斯 |
| （会唱歌的夜莺） | 会唱歌的夜莺 | 儒勒·米什莱 |

| | | |
|---|---|---|
| （夏日的芬芳） | 夏季的芳香 | 尼・斯米尔诺夫 |
| （白嘴鸦飞来了） | 白嘴鸦飞来了 | 尼・斯米尔诺夫 |
| （晨） | 晨 | 高尔基 |
| （秋天踏着车来了） | 秋天踏着单车来了 | 尼・斯米尔诺夫 |
| （山） | 山 | 威廉・卡斯伯特・福克纳 |
| （湖光水色） | 湖光水色 | 亨利・大卫・梭罗 |
| （冬天之美） | 冬天的美丽 | 乔治・桑 |
| （雪） | 雪 | 圣・琼・佩斯 |
| （密西西比河风光） | 密西西比河的旖旎风光 | 弗朗索瓦–勒内・德・夏多布里昂 |
| （九月夜景） | 九月晚景 | 弗朗索瓦・莫里亚克 |
| （诗意盎然的黎明） | 诗意盎然的黎明 | 茜多尼・加布里埃尔・科莱特 |
| （大海） | 大海 | 亚历山大・基兰 |
| （落日） | 落日 | 古纳尔 |
| （夜） | 夜 | 罗布特・瓦尔泽 |
| （春到海堤） | 春至海堤 | 汉斯・台奥多尔・沃尔特森・施托姆 |
| （相模滩的落日） | 相模滩的斜阳 | 德富芦花 |
| （晚秋初冬） | 初冬的晚秋 | 德富芦花 |
| （孤独的树） | 孤独的树 | 埃林彼林 |
| （爱） | 爱 | 巴勃鲁・聂鲁达 |
| （扬州旧梦寄语堂） | 扬州旧梦寄语堂 | 郁达夫 |